公元 787 年，唐封疆大吏马总集诸子精华，编著成《意林》一书 6 卷，流传至今

意林：始于公元 787 年，距今 1200 余年

告白的书

路渺且远，有你就好

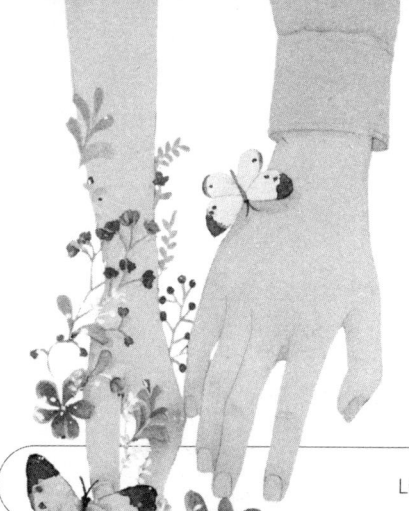

LOVE YOU, **LOVE YOUR NAME** 🔍

《意林》编辑部 编

YILIN BIANJIBU

我百度过你的名字

吉林摄影出版社

·长春·

图书在版编目（ＣＩＰ）数据

我百度过你的名字 / 《意林》编辑部编. -- 长春：吉林摄影出版社，2018.1
（告白的书）
ISBN 978-7-5498-3513-3

Ⅰ.①我… Ⅱ.①意… Ⅲ.①短篇小说－小说集－中国－当代 Ⅳ.①I247.7

中国版本图书馆CIP数据核字(2018)第025480号

我百度过你的名字 WO BAIDUGUO NI DE MINGZI

项目出品　意林告白的书
出 版 人　孙洪军
主　　编　顾　平　杜普洲
责任编辑　施　岚　胡晓路
总 策 划　蔡　燕
丛书统筹　康　宁
策划编辑　康　宁　孙　静
设计总监　资　源
执行编辑　孙　静
封面设计　纸间工作室　张　迪
美术编辑　金　宇
开　　本　880mm×1230mm 1/32
字　　数　200千字
印　　张　8
版　　次　2018年1月第1版
印　　次　2018年1月第1次印刷

出　　版　吉林摄影出版社
发　　行　吉林摄影出版社
地　　址　长春市泰来街1825号
　　　　　邮　编：130062
电　　话　总编办　0431-86012616
　　　　　发行科　0431-86012602
网　　址　www.jlsycbs.net
经　　销　全国各地新华书店
印　　刷　北京嘉业印刷厂

书　　号：ISBN 978-7-5498-3513-3　　　　定　　价：32.80元

我 百 度 过 你 的 名 字
WO BAIDDUGUO NI DE MINGZI

第一章
DI-YI
ZHANG

输入法
记得我爱你

第二章

DI-ER
ZHANG

很多心情，
只对你可见

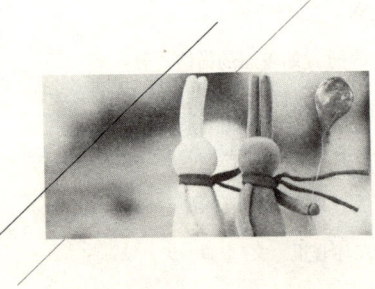

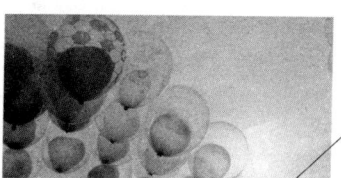

第三章
DI-SAN
ZHANG

呼叫爱情

第五章

DI-WU
ZHANG

恋爱套路攻略

第一章

输入法记得我爱你

有些事情，到头来也都是尘归尘，土归土，唯有偶尔在手机上打出你的名字的时候，才发现，原来那些我以为早已忘记的事情，输入法都替我记得。

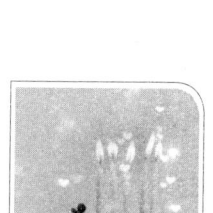

////// 今晚，
为你跑一万米

文 / 沈奇岚

　　室友还在睡觉的时候，她就起床了。轻手轻脚地关上房门，去迎接最美好的清晨。每天这个时候，整个校园仿佛只属于她一个人。

　　"嗨！"有人叫她。

　　她回头。一个与她同龄的大男孩，同样穿着跑步衫、跑鞋，微笑地看着她。阳光勾勒出他脸庞的轮廓，还有漂亮的睫毛。那一刻她知道，他和自己的生命会有关联。

　　"嗨！"她微笑着回答。

　　"我是Simon。"

　　"我是Lily。"

　　他们一起跑步，分享彼此的路线。

　　"校长办公室后面有一棵梨树，昨天开花了。"

　　"那我们去看看。"

　　"第三食堂的小卖部后门有一只超级大胖猫，比加菲猫还胖！"

"哈，那我们去逗逗它！"

不下雨的日子，他们一起跑步；下雨时，他们在窗口思念彼此，发短信。

有什么事情发生吗？什么也没有发生，他们只是一起跑步。

他们最后一次一起跑步是在冬天，他和她跑着步，呼出的热气在空气中划出一条又一条白线。

"寒假后，我就去慕尼黑了。"他说，"之前没有跟你说，深感抱歉。"

"那你现在为什么要跟我说呢？"她突然赌气似的反问道。

他们是什么关系呢？跑步搭档而已。没有承诺，没有约定，没有其他任何关系。可她还是生气了。

第二天，老天仿佛和他们很有默契，一场大雪覆盖了所有的道路。她和他各自为考试奔忙。然后，他们失去了彼此的消息。转眼，就是寒假。

再开学时，她一个人在林荫道上跑步。校长办公室后面的梨树又开花了。第三食堂的小卖部后门的大胖猫生了一窝小猫。她多么想告诉他这一切，可是无从开口，只能拍一些照片，发在自己的微博上。

直到有一天，她的电子邮箱里收到了一条链接，她轻轻地点开。

"Lily，今晚，为你跑一万米。"这是他发来的视频。

他依然每天早起，沿着慕尼黑市中心的花园跑步。他每天都拍下一些视频，和她分享着他看到的世界。他发来的视频模糊不清，画面跳跃着，她知道他肯定是拿着手机，一边跑一边拍的。

6，5，4，3，2，1！

她心里默默地数着，冲到了跑道的终点。

她知道，他和她在一起奔跑。今晚，她要为他跑一万米。

只为早一天跑到他面前。

////// 素食先生
与吃肉小姐

文 / 清尧

素食先生信佛多年，只吃素菜，清汤寡水，荤腥不沾，两三滴麻油都会紧皱眉头。认识爱吃肉小姐是在两家公司的联谊晚会上。她穿一身黑色长裙，身材曼妙。但下一瞬间，素食先生却傻了眼。

联谊开始，吃自助餐，素食先生捧着一大盘小黄瓜紫甘蓝端坐，面前坐着爱吃肉小姐。她一面咀嚼牛扒，一面对盘中的热狗虎视眈眈。蒙面舞会，抽签搭档，素食先生抽到爱吃肉小姐，爱吃肉小姐挑眉讪讪道："光吃草，跳得动吗？"话音未落，高跟鞋便不小心踩在了素食先生的皮鞋上。

"啊！"素食先生的尖叫声划破舞会长空。爱吃肉小姐红了脸。"别叫别叫，他们会误会我对你做了什么！"素食先生恶作剧心起，又轻声叫唤了两声。爱吃肉小姐狠狠一脚下去，素食先生听到"咯噔"一声。

爱吃肉小姐跟公司请了两天年假，挂断电话，望着脚上打着石膏的素食先生，一本正经："你是不是……在碰瓷？"

素食先生望着她忍俊不禁。

爱吃肉小姐只爱吃肉，一闻到菜味便会反胃，于是外卖点了三份炸鸡、两份海鲜至尊比萨饼，连配汤都是乌骨鸡汤。病床上的素食先生一句"阿弥陀佛"脱口而出。

没等素食先生的脚痊愈，爱吃肉小姐便倒下了。她的状况不容乐观，淋巴囊肿，症状有些严重。爱吃肉小姐舒了一口气："原来我脖子不是胖，是淋巴肿了啊。"同事们来探病时，素食先生靠着医院阳台的栏杆静静地看着爱吃肉小姐。这些日子他从探病的人口中听到不少故事。爱吃肉小姐从小家贫，又是家中长姐，因此不受待见，节衣缩食，常常青菜油炸、开水泡饭，久而久之便对蔬菜产生一种类似阴影的恐惧症，开始工作后还要承担弟弟妹妹的学费，为了能加更多的班，她变得特别能吃，大口大口地将卡路里吃进胃里熬个昼夜颠倒。素食先生逼着她吃蔬菜，变着花样连哄带骗。把牛油果搅进肉中做成小丸子，在芝士鸡块的中间塞进蒜苗，在牛奶中混入胡萝卜汁，面色严肃："饮食和作息很重要，以后不许再这么折腾自己。"爱吃肉小姐望着他严肃的样子，"扑哧"一声笑了："你可真像我爸。"想尽花样制作健康美味食物的过程中，素食先生开了一个公众号，他分享着各类荤素健康美食的制作过程，分享着自己喜欢爱吃肉小姐的一点一滴。

素食先生的公众号被越来越多的人关注，评论里都在怂恿："快表白，快表白。"素食先生是有私心的，他要为她做520顿饭，再跟她说出自己的心意。

他有一日下班回去研制出一道新菜，迫不及待想要带给爱吃肉小姐。深夜10点，他开着车，心情愉悦。也就是这一次，他看到了不一样的爱吃肉小姐。

女孩孤独地坐在病床上，抱着素白的被子暗暗啜泣。等到病房门推开，便立即抹了一把脸——爱吃肉小姐啊，她是一个天生的演员。她害怕病痛，又惧怕压力，琐事将她压垮，父母电话中一再催款让她突然觉得有些孤独。

"我想吃肉。"爱吃肉小姐呢喃，"不带一点儿菜的那种。"

素食先生不知哪来的勇气，走上前，抱住了爱吃肉小姐。

那个公众号后来停止了更新，最近一条发文被转了很多次，好多人追问"后来他们怎么样了"，可谁都不知道。也许素食先生和爱吃肉小姐幸福地在一起，他们改掉了坏毛病，生活得极其健康；也许，爱吃肉小姐还是爱吃肉，素食先生还是坚持老习惯。但所有人都不去想另外的可能。

爱是件多么美好的事情啊！美好到就算现实残酷，我们都愿意视而不见。

校花 \\\\\\\

文/张嘉佳

- 1 -

我班有朵校花，学习成绩永远是年级第一。我的愿望是用法律制裁校花同学，枪毙，或者帮我考试，以上二选一。同桌的愿望是用法律制裁门卫，这样可以半夜偷偷溜到录像厅看片子，看到一半喊老板换片！几年后，同桌被法律制裁了，他在承德当包工头，偷税漏税拖欠工资，被判入狱三年。

当年我就知道这个同桌并非等闲之辈。一天他约了我去城里打游戏，居然还带了一个女生。

第二天一大早就出了状况，他们出房间时被楼下退休的老校长看见了。无奈天色不好，老校长也没有认出男生是谁，从我房间出来的肯定是我，太委屈了。班主任开始找我谈话，脸色凝重；教导主任开始找我谈话，脸色凝重；副校长开始找我谈话，脸色凝重。我正在绝望地等校长找我谈话，突然校长就不找我了，我好奇得三天没睡着觉。

某消息灵通人士私下和我说："你知道校花同学吧，是她跑到校长那边去，说那晚住在你房间的是她。"我大惊："这不玷污我的名声吗？"消息人士："滚，校花同学是咱们学校高考状元的唯一希望，是考取重点大学的唯一希望，哪个老师会碰她？她这么一说，自然就不追究你，事情就过去了啊。"

校花同学不但非常美丽、非常智慧，还非常伟大。但我后来没想到，校花同学不比我们江湖中人，她是施恩图报的。

从此，在校花同学的要挟下，我参加早操，参加早读，参加早课。但校花同学后来也没想到这么做的弊端。

- 2 -

校花同学说："张嘉佳，我们一起报考南京大学吧？"

我大惊失色："南京大学？你以为我是校草？名牌大学，那是人上的吗？"

"啪！"我的左脸被抽肿。

校花同学说："我们一起报考南京大学吧？"

我说："你给我一百块我就填。"

校花同学说："给你一块。"

我说："一块？你怎么穷得像小白？"

校花同学说："小白是谁？"

我说："我家养的土狗，我在它脖子上挂了个一块的硬币。"

"啪！"我的右脸被抽肿。

结果两个人都填了南京大学。

结果我考上了，她没考上。

她服从第二志愿，去了天津。

天津为什么不是江苏城市，搞得电话全是跨省长途，一个学期下来，抽屉里一沓电话卡。

我消耗电话卡的岁月里，出现了姜微。

我很少接姜微电话，就算自己在宿舍，也要舍友说我不在。

因为我要等校花同学的电话。校花同学打来占线的话，还要解释半天。

可是校花同学突然再也不打电话给我了。打过去，她也永远不在。

我等了三个月。我想去天津。

我始终没有去天津，因为……要去也是校花同学来南京对不对？

- 3 -

学期末，熟悉的声音。

校花同学说："你还好吗？"

我说："你好久不打电话给我了。"

校花同学说："呵呵，没有钱买电话卡。"

我说："你太穷了吧，我有钱我分你一点儿。"

校花同学说："不要分钱了，张嘉佳，我们分手吧。"

我说："……还是分钱好了。"

校花同学说："我说真的，张嘉佳，我们分手吧。"

我说："……我要分钱。"

校花同学说："有空多打电话给妈妈，她一定很想你。"

我说："……分钱分钱。"

校花同学说："张嘉佳，你想我吗？"

我说："……分钱分钱。"

校花同学说："不要哭了，记得有一天，我托人给你送早饭吗？

我现在还不知道你吃了没有呢。"

我说:"……我吃了。"

校花同学说:"张嘉佳,记得吃早饭。对了,如果再让你报考一次,你会选什么大学?"

我心想,我什么地方也不选,我找个村姑,在那二层小土楼,种田浇粪,这辈子都不用买电话卡。

"张嘉佳,分手以后,你再也不要打电话给我了。"

电话就这么挂了。

挂的时候,我已经忘记哭了,但是我好像听到她哭了。

– 4 –

五年里,我去过校花同学的家里三次。她的照片一直摆在客厅靠左的桌子上。

照片边上有本笔记本,有一盆花和一些水果。

照片前还点着几根香。我抽烟,她抽香,还一抽好几根。看她这么风光,可是我很难过。

我知道这笔记本里写着,她给谁送了早饭,她为谁背了黑锅,她要怎么骗一个笨蛋分手,她真是个斤斤计较、施恩图报的小人。

笔记本里还夹着病历卡。

我想,应该感谢它,不然我还要消耗电话卡。我想,应该痛恨它,否则我不会这么难过。每次我会和她妈妈一起,吃一顿饭。

每次我和她妈妈吃饭,都说很多很多事情,说得很开心,笑得前仰后合。

每次我在她家,不会掉一滴眼泪,但是一出门,就再也忍不住,蹲在马路边上,哭很久很久。如果我是这样,我想,那她妈妈也一定等我出门,才会哭出声来吧。

在很长一段时间里，我继续没有早饭吃。没有早饭吃的时候，我就想起一个女生。

送早饭的时候，校花同学和别人一样穷。

考大学的时候，校花同学和小白一样穷。

打电话的时候，校花同学和我一样穷。

听到收音机里放歌，叫《一生所爱》。

我没有抽一口，烟灰却全掉在了裤子上。

我没有哭一声，眼泪却全落在了衣服上。

////// 流星
坠入深海

文 / 语笑嫣然

如果不是因为流星，郁芒的失眠大概还会持续。

流星不是一颗流星，而是一个人。

流星是郁芒的病友。

两个人都是大地震中的幸存者，死里逃生后，住在临时搭建的避震病房里。郁芒伤到了胳膊，流星伤到了腿。

郁芒的眼睛一直红肿着，直勾勾地盯着天花板。闭上眼睛就会看见颤动的大地，漫天的尘土，刀疤般的地缝，垮塌的城市。还有，死去的朝阳。

朝阳是郁芒的男朋友，高中三年，大学四年，她曾以为自己要和他天长地久。

但是，灾难把他们分开了。

亲眼看着朝阳被垮塌的天花板压住，只在废墟中伸出了一只手，有一瞬间，她觉得自己愿意随他走，碧落黄泉，同生共死。可她还是获救了。

郁芒在失眠的第五天终于能睡着了。也不知道是因为醒了太久撑不住了，还是因为有流星陪着她。

大概因为都是在生死边缘徘徊过的，所以觉得同病相怜、惺惺相惜吧，流星对郁芒特别照顾。知道郁芒喜欢吃肉，他就把自己分到的救济火腿肠都给她。郁芒天生手脚寒凉，他就用玻璃瓶装上热水，每晚睡前放进她被窝里。发生余震的时候，她吓得钻到床底下，哭着说会不会连避震房都塌了。他便也钻到床底下来，拉着她的手说："不会不会，你看我块头比你大多了，就算避震房塌了，也有我顶着。"她看着他，一瞬间失了神。

郁芒怀疑自己可能喜欢上流星了，这个怀疑令她抓狂。明明失去朝阳的痛还在，她怎么可能在短短二十天里就喜欢上别人呢？

可是，她情难自禁。

有时她甚至觉得，看见流星就像看见了朝阳，分明是两个不同的身影，却总是重叠在一起。她是把流星当成朝阳的替代品了吗？

就那样又过了半个月，一切逐渐稳定了，人们开始重回原来的生活轨道。

渐渐地，郁芒越发确定自己喜欢流星了。可是，她也越发清晰地回想起朝阳。

有一些关于朝阳的画面，总会毫无预兆地浮现在郁芒的脑海里，而且越来越频繁。因为那些画面，她几乎又要彻夜失眠了。有一夜，她好不容易睡着了，却突然从噩梦中惊醒，她想起来了！

为什么越是对流星心动就越会为朝阳心痛呢？因为流星就是朝阳。

医生说，郁芒的情况属于创伤后压力症候群，大脑的保护机制自动为她屏蔽了某些刺激的痛苦记忆。她终于想起来，地震发生的时候，天花板垮塌的瞬间，是朝阳丢下她，一个人逃走了。

大脑为她编造了一个假象，她以为朝阳死了。

死在她心灰意冷的世界里。

流星一直在寻思应该找一个什么样的机会来向郁芒坦白，向她忏悔自己在生死攸关的一瞬间爆发的自私和懦弱。那天，丢下郁芒独自逃生的他在冲出了家门以后，忽地怔在楼道里。

我在做什么啊？他如梦初醒，拔腿又往回跑。

他想回去找郁芒。可就在这时，楼道的天花板也倾斜了下来，把他埋住了。

流星知道郁芒迟早会发现真相，他不敢奢求她的原谅，他只希望能陪着她走过这段阴霾期。独自逃生的自己已经不配再和被伤害的郁芒在一起了。

后来，又过了很久，某一天流星在街上远远地看见了郁芒，她还穿着他们第一次约会时的那件白毛衣，毛茸茸的，他觉得她像只小兔子。小兔子在经过商店橱窗时，望着里面店老板家的小柴犬笑了。

于是他也跟着笑了，躲在一个她看不见的角落里。

5000 只 \\\\\\
鸟儿说爱你

文 / 汤小小

在去成都旅游的途中，他们乘坐的大巴翻下了高高的山崖，张震昏了过去。醒来后，他发现自己躺在乱石堆里，稍微动一下，一阵钻心的疼痛就袭遍全身。不远处，躺着一个年轻女孩，胳膊上的伤口正不停地往外渗血。他慢慢爬过去，忍痛将女孩扶起来，扯下自己的衣角，帮她把伤口包扎好。绝望和害怕让女孩忍不住哭了起来，他安慰道："放心吧，只要我能出去，就一定把你带出去。"

这句话让女孩找到了依靠，很快安静下来。更大的考验接踵而至，夜幕降临，两个衣衫单薄的人冷得瑟瑟发抖，只能相互依偎着取暖。尽管张震将女孩紧紧搂在怀里，第二天，她还是发烧了，嘴唇干裂，迷迷糊糊中不停地喊着"水"，附近根本没有水源，他也顾不了那么多了，只能用自己的舌头一遍遍地润湿她的嘴唇，他还把自己被露水打湿的衬衣脱下来，覆在她的额头上，帮助降温。

女孩终于挺了过来，此时已是第三天，张震想找点儿野菜给二人充饥，刚走了几步，剧烈的疼痛让他一个跟头栽在地上，晕了过去。

再醒来时，他已经躺在医院里，他们获救了，因他伤势严重，女孩伤得较轻，所以被送到了不同的医院。此时他才意识到，自己居然忘记问女孩的联系方式了，除了知道她叫王红，家住洛阳，其他，一概不知。

伤好后，张震对王红依然念念不忘，他发现，三天的生死考验，他已经深深地爱上了那个爱哭鼻子的女孩。

于是，张震只身来到洛阳，在报纸上登寻人启事，各个商场店铺寻找，眼看着身上带的钱快用光了，他忽然想到，王红曾经说过，爷爷爱养鸟，家里有好多会说话的鹦鹉呢。对，到花鸟市场去打工，教那些鸟儿喊王红的名字，它们最终会飞往全国各地，等于是自己的一批"特工"。

他很快在一家鸟店里找到一个打杂的活儿，没想到，他给三只八哥修了舌头，很快就死了两只，原来，他不知道要喂它们消炎药。面对老板的愤怒，他只能全额赔偿，而剩下的那一只，就成了他的实验对象，他教它喊"王红"，喊对了，就喂它一点儿东西吃。一周后，当这只八哥想吃东西时，就会一个劲儿地喊"王红，王红"。

这次成功，让他可以同时训练更多的鸟，为了提高效率，他不分昼夜，站在几十个鸟笼中间，不停地喊"王红"，不停地给每只鸟儿喂食，常常喊到嗓子嘶哑，双手举得酸痛发软。

为了让鸟儿表达得更清楚，他加大了训话的难度，从单一的"王红"到"王红，我爱你，我是张震"。这样，如果王红正好听到鸟儿说话，就很快明白是怎么回事了，不会感到莫名其妙。

除了驯鸟，张震还利用一切机会寻找王红的下落，慢慢地，整个花鸟市场的人都知道了他和王红的故事，大家深受感动，一有王红的线索，立即来给他通报。兜兜转转，时间已经不知不觉过去了一年，可是，除了那些真假难辨的消息，王红仿佛人间蒸发了一样，这让张震寝食难安，无论怎样，不找到王红，他绝不放弃。那天，他正端着鸟食，在一大堆鸟儿中间，不停地说："王红，我爱你，我是张震！"鸟儿们也一遍遍地重复，声音嘹亮，很是壮观。他消瘦的脸上露出满意的笑容，一回头，却发现一个女孩不知何时站在身后，早已泪流满面。

原来，上次离别后，王红就回了家，家人逼着相亲，她都想办法推掉了，心里一直忘不掉那个体贴懂事的大男孩张震，也曾打过电话寻找，但都毫无消息。那天，她心情郁闷，在院中逗鸟玩，从鸟儿的口中听到了那句让她脸红心跳的表白，她没有想到，张震居然以这样的方式在找她，她既惊喜又心酸，一分钟都没有耽误，立即找了过来。

迄今为止，张震已经辗转了20多个花鸟市场，教会了5000只鸟儿说同样一句话。他的不屈不挠，他对爱永不放弃的虔诚，让本已熄灭的爱情之火重新燃了起来，两个失散了一年多、险些擦肩而过的人，在一群鸟儿壮观悦耳的表白声中，终于紧紧地抱在一起。

////// 当女学渣

恋上男博士

文 / 卑屈的猫格

Once upon a time（曾经有一段时间），在我还是个小学生的时候，通过一系列小学生之间的宫心计，我就敏锐地察觉到了自己智商不行这件事。出于对自尊心的保护，我从此立下大志，今生绝对不和学霸做朋友。

可惜造化弄人……

－ 1 －

博士叔算我的半个老师，因为认识他的时候他还是我们数学课的助教，那门数学课叫作微积分。课都不怎么上的我抱大腿抱得数一数二地积极，居然因此使博士叔得出了"这个女生肯定暗恋我，不然为什么总来找我问弱智问题"这样的推论。我不想承认我就是想问那些弱智问题，为了保住智商，只能半推半就地承认暗恋他。

后来抱大腿抱得多了，自然就该请人家吃饭；吃饭多了，就慢慢开始聊星星聊月亮，从诗词歌赋谈到人生哲学。后来有一天，我抱着课本和博士叔一起学数学时，博士叔淡定地问："最近我们总在一起，我同学经常问你是不是我女朋友，我可以说是吗？"

我当下还没反应过来，自然而然就说："你觉得方便的话就说吧。"他很开心，我们沉默地走了五分钟，我反应过来之后觉得好像自己答应了什么了不得的事情……

后来他感动地说："谢谢你，今年不用再过光棍节了。"我想了想：是啊，我也不用过光棍节了呢。

- 2 -

我们博士叔身材健硕，四肢发达，头脑却不简单，据说小时候经常被邻居大婶们称赞"长得和发哥有一拼"。而现在又被称赞为院系之草、科研界的吴彦祖……好吧，我说不下去了。

我无数次为了作业而昧着良心热情洋溢地赞美他的颜值，后来又因为良心忍不住大喊："你就承认你真的很聪明吧！"这个时候他总会挠挠头，憨厚地一笑："可我真的不聪明啊，我只是帅而已。"不过我偶尔会在他埋头于我的数学作业时认真端详一下他的侧脸，还真是很帅嘛。

好朋友Lisa说："呵呵，你这种臭外貌协会，怎么会喜欢不帅的男生。"哈？在你心里我就是这种人？但一个绝望的女生为了作业是什么事情都干得出来的！

- 3 -

一来二去地交往了一阵子，博士叔他们学院有个派对，他问我要不要一起去。我听说有热闹可凑，兴奋地说好呀。去之前特别认真地打扮了一下，很努力地化了个妆，深恨自己没办法活在美颜相机里。

结果看到几个大叔样的男子正襟危坐，博士叔得意地把我展示了一番，介绍了一下自己也是有女朋友的人了。大家一副很吃惊的样子，问我是哪个学院的，我诚惶诚恐地说我是个本科生，他们就纷纷对我丧失了兴趣。天哪！我遭遇了学历歧视。

这是我经历的最不像派对的派对，气氛干燥，我像一块失水的海绵一样尴尬。后来一个被称为"大师兄"的人说："我们来聊聊八卦吧。"我心中燃起了希望的火苗，结果他们聊起了院里的A老师和B老师搞了一个合作项目，C老师发了一篇高影响因子的论文，你们管这个叫作"八卦"？你们是在集体cos（扮演）谢耳朵吗？

派对结束之后我整个人都惊到了，想抓住博士叔问他这是不是真的。他幽幽地说："是有点儿无聊，不知道为什么他们都在假正经。他们平时不这样的。"

后来我发现这群人里有业余街舞大赛一等奖选手，也有段子手，更有闷骚之王。但为什么那一天他们是那个样子的，至今仍是未解之谜。

- 4 -

某天和朋友们聊天，好朋友Lisa吐槽道："这个世道真是……我那天跟一个女生讨论说买菜很不方便，你知道她说什么吗？"我好奇地问道："她说什么啦？"Lisa愤愤不平，她说："那个女生居然说，你去找个有车的男朋友就好了嘛。"

我翻了个白眼，说人家开玩笑的啦。Lisa大声分辩："就是因为不是开玩笑呀，那个女生就是为了买菜方便才交了一个有车的男朋友……"我们一阵唏嘘。

当下我脑海中突然冒出一个莫名其妙的场景，博士叔一把鼻涕一把眼泪地大喊："你喜欢我只是因为我能给你写数学作业！你爱的根本不是我这个人！"

我莫名打了个哆嗦，想说，嘲笑别人拜金那自己又好到哪里去了，为什么我对学术的企图心这么强？

后来博士叔接我回家，我说："你都不好奇我为什么喜欢你吗？"他说："那有什么值得好奇的，你无非就是贪图我的才华与美貌呗。"我想了想，嗯，就这么着吧。

– 5 –

博士叔总能充分发挥自己当爹的潜力。

某次我期中考试的两个星期前，博士叔就开始念叨："你不是要考试了吗？"我躺在沙发上坦然地点头："是啊。""快复习。"他敦促道。"我不要。"离考试还有两个星期，他疯了吧。

我自觉那个学期已经没有数学课了，整个人都非常嚣张，觉得自己不再低人一等。但是至此之后……我在开心刷视频的时候——"喂，你还有不到两周就考试了。"我在和朋友聊天，旁边幽幽传来一句——"有的人啊，要考试了自己还不知道。"我在抱着啤酒看小说时——"你复习得怎么样了，是不是一页书都没看？"大哥你是复读机转世吗？

我被吵吵了一个星期，干什么都没了心情，只能乖乖复习。有了这种人，妈妈再也不用担心我的学习了。

– 6 –

两个人在一起久了后就原形毕露，我终于没办法掩盖智力低下这件事，他也没办法再端着架子装一个"亦师亦友的人生伴侣"。

博士叔是个Rap（说唱）爱好者，经常莫名其妙地念一些奇怪的Rap，有一天我们一起在大街上走着，博士叔突然就念了起来。我觉得有点儿尴尬，但是作为一个捧场王，捧场是我的本能，于是就"哟哟"地附和着他。

他拉着我，念道："牵着你的手就像牵着一条狗！"我仍然附和着："哟哟！"等我反应过来之后他已经笑开了，我气急败坏地要去打他，可是我太弱了，根本打不过这种四肢发达、头脑简单的肌肉蠢男。

－ 7 －

博士叔他们学院新来了个学弟，一来就买房买车，让人非常羡慕。某次我感慨："哎呀，有车有房真是幸福人生啊。"博士叔连连点头。我斜着眼睛看他："难道你们大家都不羡慕他吗？"

博士叔想了想："好像大家羡慕我比较多。"我惊呆了，你有什么值得羡慕的呀？博士叔不好意思地说："哎呀！你不懂，对于我们工科生来说，豪车豪宅都不算什么，女朋友才是真正的奢侈品，好吗？"

哇，想不到我居然被列入了奢侈品的行列，此后几天照镜子都自觉金贵得不得了。过了几天，慢慢开窍的我问博士叔："你都有奢侈品了，不打算买栋豪宅把她装进去吗？"他憨厚地说："不需要，奢侈品捧在手心就好了。"我又被甜得找不到北，想说，哎呀，我可真金贵。

后来拥有了豪车豪宅的学弟飞快地找到了一个美貌的女朋友，我很难过，觉得自己被骗了。

－ 8 －

爱情究竟是什么呢？我记得初中时班上一个男生认真地对他的女朋友说："我只是喜欢你，可我还不能说爱你，爱这个字太沉重了。"班上的人纷纷起哄，我感动得热泪盈眶。

　　我记得高中的时候班上一个女生对另一个男生说："我现在决定不光要喜欢你，还要爱你！"天哪！她真勇敢。我暗暗地想。

　　我记得有人说，喜欢是浅浅的爱，爱是深深的喜欢。我记得有人说，喜欢是放肆，但爱是克制……

　　记得某一天博士叔累得回家倒头就睡了。我偷偷跑去看他，伸手抱了抱他的脑袋，他的脑袋又大又重，也不知里面装了什么东西。我拿下巴蹭了蹭他头发，他却没醒，反手抱住我又睡了。我动也不敢动，胳膊被压麻了，但心里突然涌出一种奇异的温柔感。希望他生生世世都能这么平安快乐，希望他一辈子无忧无虑。

　　天哪！这是爱吗？我一下子被自己吓到了。说句不好意思的话，真希望一辈子都能和他在一起啊！

////// 爱上
物理系的傻师兄

文 / 优游

第一次在T大见到师兄秦关时，我就确切地知道，他有女朋友了。

我俩都就读于空间物理系，提起女朋友，这厮就情不自禁地骄傲："她叫苏曼，苏醒的苏，曼妙的曼，我们是高中同学。"他挠挠头，对我不满，"喂，你的名字和她的也太像了吧！"

"不，差得不止一星半点儿！我的名字，出自'漫卷诗书喜欲狂'。"我固执地摇头，不承认这两者的读音和写法多么接近。

其实，纵使我不刻意强调，也没人会把我和苏曼混淆，苏曼有一头波西米亚风格的鬈发和与之相配的慵懒性情，因为楼下有个耐心绝佳的男生在等她；而舒漫漫呢，眼睛细细的，正配她瘦弱的个头。她习惯于慌慌张张地冲下楼，因为楼下有一个急性子的男生正扯着嗓子喊："再不贴海报就没地儿啦！"

凑巧的是，这两位男生是同一个人——秦关。

有时我也会埋怨师兄太厚此薄彼了，他就一脸抱歉地笑："对不起啊，师妹，曼儿小心眼，在她视线范围之外我请你吃饭作为补偿？"

还说什么呢，一个师妹一个曼儿，秦关已划分得泾渭分明。

这男生最好看的地方在于背影。从看到他的第一眼起，我就知道。

一日，我郑重地问秦关："你为什么喜欢科幻呢？为什么选读空间物理系呢？"问罢屏住呼吸，期待着一个石破天惊的回答。他摸摸脑袋说："嗯。应该有个最初动机吧，可我真的不记得了。好像很久很久以前……"

毕业多年后，等我再见到秦关时，他已当上了系里最年轻的副教授。我过得比较流离，年初才在一家小小的港资公司落下脚，薪水平平，唯一的优势在于——它离母校近。

秦师兄高兴极了，时空的分隔并没有使我们丧失共同的话题，只有提到苏曼时，他的神采迅速地黯淡下来。

苏曼在社会中褪去慵懒，爆发出雄心壮志，原先约定好一毕业就结婚，她的话渐渐变成"等我月薪五千就结"，接着"一万再结"，再接着"买了房子再结婚"。秦关有些不耐烦："学校会给老师分房的。"苏曼一甩长发说："那是你的，不是我的。"

我不忍心看这华丽的绸缎被利刃割碎的终局，谁知几周后，秦师兄打电话来："苏曼昨天已打电话同意做我的新娘。她提议订婚仪式在香港举行。"

他说："我没去过香港，小师妹，你们公司不是有好多业务在那儿吗？如果有时间，陪我去挑挑礼物？"

原来男人那么容易胆怯。抱得美人归的同时，他还需要一个参谋、兄弟、伴娘兼伴郎。他才没那工夫理睬那个伴郎兼伴娘会多么忧伤。

在那么美丽的香港，我们只待了三天就回来了。

因为，香港，维多利亚海湾，苏曼正式宣布跟秦关分手。他的脸唰地变成象牙白，我这个伴郎兼伴娘起不到任何作用，只能手足无措地站在一边，看着他，这个全世界我最爱的男人，终于不可避免地受到了伤害。

得想个法子安慰失恋者，不过"好男儿何患无妻"之类的说辞多么苍白，情急之下，只有一个法宝可祭了。我去找他聊天。我要告诉他一些真相。

上大学的十二年前，一堂公共课上，一个随父母进京的七岁小女孩被老师点名回答一个问题："长大后想做什么？"小女孩瘦弱、胆怯，却一脑子不着边际的空幻，她大声说："我想去太空寻找迷失的原振侠医生，让他与他的三位美丽姑娘快乐地生活在一起。"

话音刚落，课堂上哄笑声四起。小女孩苍白着脸，为自己的土腥味与都市生活格格不入而自卑不已。倔强的她迅速做了个决定——他们再笑一分钟，她就不活了！

就在这时，前排一个男生站了起来："去太空找人有什么稀奇？等我长大了，肯定能研制出很棒的飞行器，送这个女同学去找原振侠。"

他有着世界上最迷人的背影，从看到他的第一眼起，小女孩就知道。

我放弃了坚守着的小小自尊把多年前的真相告诉秦关，希望他对自己有点儿信心，可秦关的表情如此奇怪，一点儿不像是受到了鼓舞，令我大失所望。瞪目结舌了一会儿，他竟然说："给我三个月，让我好好消化消化。"

秦师兄转身就走，消化去了。然后三个月时间过去，在咖啡店里，他一把握住了我的手。吓了我好大一跳，他——病急乱投医？可秦关的眼神证明他神思清明："原来你才是漫漫。真的漫漫！"

接下来秦关说了真相的另一半。

他转学，小学，初中，然后上了高中，高一班上有个长发的叫"苏曼"的女孩，令他没来由地觉得亲近，因为模模糊糊的印象里，这个名字应该与他有莫大的关联——多年前，那个要上太空的，南方口音的女孩自我介绍时吐字不清。他对她的名字只留下了模糊的印象。

一个小男孩九岁时随口许下的豪言壮语，谁会记得呢？包括他自己。但就在这里隐藏着最初的爱的萌芽，他与苏曼，好漫长的一条路啊，漫长得迷失了初始的方向，但冥冥中一定有一种奇妙的力量，教他读空间物理，沉醉于科幻，在每一个重要的时刻，依赖着女生舒漫漫。

此刻他握着我的手，是史上第一次，冰凉而温暖，熟悉又陌生，令我异常慌乱。我期期艾艾地提出："能不能也给我三个月的时间消化消化……"

可是我抽不出我的手。秦师兄不批准。

////// 就像星星
贪恋着月光

文 / 墨小芭

　　我在还不懂什么是爱情的年纪就已经爱上了周祝。他站在一棵巨大的榕树下，我冲过去，狠狠地亲了他一下。不出两天，我亲了周祝的事情就传遍了春堂镇的大街小巷。

　　不过那段时间的我是很难见到周祝一面的，他一见到我会发了疯似的掉头跑掉。不过还好我们在一个班。由于成绩优异，他被安排坐在了第一排。坐在倒数第二排的我只能眼巴巴地看着他的后脑勺发呆，为了能和周祝离得近一些，一向以好好学习为耻的我，开始了"头悬梁，锥刺股"的勤学生涯。就这样，我和周祝的距离从六排桌子，到四排，再到两排……

　　十二岁那年，我终于考进了班级前三名。也就是说，我终于可以和周祝坐在同一排了！

　　遗憾的是，那次是我们的毕业考试……毕业典礼那天，我瞒着家里人剪了个很短很短的毛寸头，使出浑身解数求老师让我站在男生的队伍里。老师盯着我毛茸茸的脑袋，瞠目结舌地点点头。就这样，我成功地混进了男生的队伍，站在了周祝的身边。闻着他身上淡淡的洗衣粉的香味，幸福得有点儿眩晕。于是我又奔放了，未经他的允许就给了他一个大大的拥抱。

他恶狠狠地把我推倒在地。我人生中的第一场毕业典礼，就以被周祝推了个狗啃泥而告终。这是周祝第一次离我这样近，也是周祝第一次用他的双手触碰我。没想到，却是为了把我狠狠推开。

初二的某天下午，我正走在放学的路上，看见周祝骑着他的自行车从我身边逆风而过。自行车后座上，一个脚踝绑着纱布的女生正搂着他的腰。我愣在原地，久久地看着他们渐渐远去的、油画般的背影。后来我才知道，那个女孩叫苏格，是学校排球社的社员。那天在训练中她脚踝受了伤，碰巧被路过的周祝"雷锋"了一把。周祝和苏格终于还是成了"有一腿"的关系。直到周祝的学习成绩一落千丈，被罚站在教导处门外反省。那天傍晚，我隔着两扇窗户远远地看着他，悲伤的周祝，悲伤的天空，以及，隔着两扇窗户望着他的悲伤的我。

放学铃声响起的时候，天边炸开了一道惊雷，整座城市被暴雨冲刷得噼啪作响。我看见周祝一个人走进大雨。于是，我想也没想就抓起桌边的雨伞追了上去。我把伞撑开，举过他的头顶，就这样亦步亦趋地跟在他身后。看着他挺拔的背和微微前倾的肩膀，心里满满的都是内疚。十五岁的程小果，除了给失恋的周祝撑伞，其他什么都做不了。就连胜利都如此卑微。

中考结束后，周祝如我所愿，顺利升入了本校的高中部。这一年发生了一件不大不小的事——我加入了学校的排球社。我加入排球社的理由并不磊落，因为周祝也加入了排球社。自从苏格考去隔壁的高中并成为他们学校排球社的副社长，周祝就义无反顾地申请加入了排球社。虽然在我校男排和女排之间每周只有一次探讨活动，但这仅有的一次会面对我来说却是无法抗拒的天大诱惑。一年后我加入了比赛小组。也就是说，我将加入代表我们学校的排球队和由苏格带队的排球队进行比赛。赛场上，我下意识地开始四下寻找周祝，直到在人群里看见他清瘦的身影，我才镇定下来，全身心投入比赛当中。

不得不说，苏格是厉害的。但第四回合之后，苏格明显体力不济，而我属于厚积薄发型选手。第五局一开始，我便开始发狠，接二连三地扣杀，最后一次前飞将苏格扣倒在地。在欢呼声中，我们队胜出。笑容还来不及在我的脸上延伸，我就被一股猛冲而来的力量推倒在地。熟悉的身影从我身边掠过，直到苏格面前，然后将倒在地上的苏格轻柔地抱起。

是的，是周祝。他抱起苏格后埋怨地看了我一眼，对我说："她的腿有旧伤，你那么拼命做什么！"

我趴在地上，怔怔地看着他离去的背影，就像很久以前看着他的自行车后座上载着苏格时一样，心里空荡荡的，来不及做什么反应。

大一下学期，有人看到周祝喝醉了。他像一只悲伤的长颈鹿，细细长长地倚着树干，发疯般地呕吐。有人把这件事传给苏格听。那个女生坐在咖啡馆里绘声绘色地跟苏格比画："就这样，太可笑了！你不喜欢周祝就对了，你看他那样，真可笑！"我放下手里的奶茶，冲过去纠正她："周祝并不可笑！"我抓住苏格的肩膀对着她喋喋不休地说："周祝不是他们说的那样，他话不多，会拉小提琴；他看上去冷冰冰的，其实内心很温暖。有一次他不小心把我推倒了，原本可以跑掉的，可他一直悄悄跟在我的身后。他很喜欢你，即使希望我们输掉比赛，也不希望你受伤……"

苏格似懂非懂地看着我，眼神里有迷茫、厌恶、惊吓、悲悯。这就够了，我的爱情已经那样悲伤，我不希望周祝的爱情也这么不幸。

我想帮帮他，让他可以每天都高高兴兴地和爱慕的姑娘在一起。我松开苏格的肩膀，在咖啡馆里嘈杂的声音中逃出去，像一只突然学会害臊的小兽，猛地撞上了周祝的胸膛。他深深地看了我一眼，吓得我头也不回地跑掉了。

每个人都该有个结局。让我们还是回到那一天，从咖啡馆逃出来的我只能甩着我的小短腿拼命地跑啊跑，最后逃进了学校的广播室。我不知道周祝为什么要追上来，是为了骂我多管闲事，还是误以为我方才欺负了苏格？不管是哪一种想象，都让我有点儿后怕。可周祝还是借了广播室的钥匙闯进来。他这样锲而不舍，真的很像是不打我一顿就不痛快啊！我只好闭上眼睛等待着狂风暴雨："抱歉，我错了，但我发誓我刚才真的不是在欺负苏格！"

周祝的声音幽幽地传进我的耳中，果然，他对我说："程小果，你这个人的人品有问题。""对不起。"除了这句话，我不知道还能说些什么。他打断我，继续说："在九岁那年莫名其妙地亲了我，搞得全世界都知道你喜欢我。可是现在呢？你却不认账了，推着赶着要我去追别的女生。你这样是可耻的，你知不知道？"我眨了眨眼睛，像个白痴一样。更白痴的是，广播室的设备播放键一直没有关。这下可好了，全校师生都知道小时候的我都干了些什么事。不管怎样，我还是应该先把眼前的问题给解决。

"所以周祝……"我艰难地说，"我道过歉了，如果你非要我发誓不再喜欢你，也可以。"

"别装了。"周祝再次打断了我，说道，"程小果，你不可能不喜欢我，你会一直一直喜欢，比我想象中还要久。"在我眼眶红起的一瞬间，周祝迈着他的大长腿走过来，给了我一个措手不及的吻。这个吻，距离我第一次在漏光的榕树下亲吻他，已经过去了整整十二年。

////// 娘娘与
唐宋的恩爱日常

文 / 贞真

　　从高一下学期分班，到现在的高二上学期结束，娘娘一直喜欢唐宋。这是一个全班都心照不宣的事实。两人都在重点高中的重点班，学理。外表娇小玲珑，性格大大咧咧的娘娘坐在唐宋的前排的左边，成绩勉勉强强在中下游徘徊。唐宋则是一个有着清爽干净气质的学霸，常年占据班级前三、年级前十的成绩榜位。娘娘大张旗鼓地喜欢唐宋许久，在她一波一波的猛烈攻势下，唐宋虽然仍死咬着不松口，但两人已经成为众人眼中事实上的一对了。

　　圣诞节将到。娘娘摩拳擦掌地预备给唐宋织一条围脖。说做就做，准备好必需材料后，娘娘瞒着家人织了近一个礼拜，一条丑陋到只能夸赞"你很用心"的围脖横空出世。

　　圣诞节那天中午，娘娘把围脖和精心准备的两张贺卡、一封信放在一个割肉出价三块的漂亮袋子里，当着全班的面递给了唐宋。唐宋保持面瘫形象，一脸冷淡地把袋子接过去放在桌子上，二话不说转身就出门……去了厕所。留下呆若木鸡的娘娘和风中凌乱的其他人。

娘娘当时愤愤地想，哼，都不要和我说些什么吗？

后来听她安排在唐宋身边的一个"僚机"说，一向面瘫冷淡的唐宋转身脱离大家视线后，嘴角咧得大大的，笑了好久。

唐大学霸物理好得令人发指，物理分数经常是娘娘物理分数的两倍有余。于是，在班主任老杨常常宣扬的"同学之间要互相帮扶，共同进步"的政策下，娘娘经常趁着下课，拿着一张物理试卷，蹭到正认真学习的唐宋身边，扯扯他的胳膊。待唐大侠不耐烦又无奈的眼神飘过，指着物理试卷第一道题说："学霸救命。"

唐宋一脸看傻瓜的表情："第一道题都是送分题，你不会？"娘娘一脸无辜的表情："这是复习卷，第一道题还是有难度的，我不会多正常。""真蠢。"唐宋不耐烦地扯过她的卷子，拿出草稿纸，讲解的时候却是耐心之至， 用几乎是哄小孩儿的语气轻柔地问："这个乘这个等于几呀？""这个公式是什么呀？""接下来我们要……"娘娘愣愣地看着喜欢的男孩用细长白皙的手指执着笔，为了她把这种侮辱智商的题在草稿纸上演示了一遍又一遍。阳光正好，把校服领竖得高高的遮着下巴的唐宋的侧脸是那么好看。

在娘娘多次"诱骗"唐宋小朋友一起出门看电影无果后，娘娘终于等来了全班利用周末时间在班上放电影的机会。娘娘以带一个礼拜早餐为代价讨好唐宋的同桌，如愿在周六晚放电影前坐在了唐宋的左边。大大的屏幕上放着最近热映的一部电影，娘娘的心思全然不在电影上面，唐宋也兴味索然的样子，半趴在桌子上，一手蜷着垫在脸下，一手自然耷拉着放在桌子下面，离娘娘就是咫尺之遥。娘娘内心奔腾无以复加，这不就是天赐良机吗？嗷呜，渴望已久的男孩子的手就在她一伸手就能碰到的地方！

该上不上不是真君子。娘娘颤抖地伸出手，握住唐宋的手。唐宋的手轻轻动了下，就若无其事地和她握着了。虽然一分钟后唐宋就把手挣开了，但娘娘觉得这个一分钟可以让她甜蜜回忆好久。

某日，娘娘发给唐宋一张截图。里面是一个妹子讲述她与她学霸欧巴曾经的故事，说她男朋友是理科学霸，从不愿教她题到无奈教她题再到心甘情愿教她题。他们在一起后，她问他："当初怎么就不愿意教我呢？"学霸男友一本正经："我哪里晓得坐在我身边的是我未来的女朋友。"

娘娘发一个捧心的表情说："好暖。"唐宋秒回："傻。"

回学校后，娘娘敏锐地发觉虽然唐宋答应给她讲题时还是一脸不情愿，他的语气却是轻轻柔柔，原先常常气急败坏地骂她蠢，现在也少有了。于是娘娘问唐宋："唐宋，你是不是在反省之后发现不能对未来的女朋友太差？"唐宋的眼神从娘娘身上一瞥而过："我只是觉得好端端的一个孩子，趁着不算太傻还算好拯救。"

娘娘无语。

娘娘偶尔也像其他小姑娘一样，会在爱与被爱上感到无力。一个阴雨天里，感到前途灰暗的娘娘想和唐宋挑明了，看看他到底是什么态度。娘娘写了张字条传过去，让唐宋下晚自习后留下来，两人谈谈。唐宋回说，好。下课后，心情低落的娘娘异常乖顺地跟在唐宋身后走到校园草坪旁的小亭子下。站在唐宋面前的娘娘低垂着脑袋，一言不发，眼圈慢慢红了。

唐宋这时出声了，语调无奈却温柔："我知道你在想什么，你要是能和我上一所大学，我们就在一起。不，是牵手。考完马上就牵手。"

娘娘抬头，看到唐宋难得一见的宠溺笑容，坚定地说："我一定会好好学习，追上你的！""好，一言为定。"唐宋含着笑意的嗓音在风中轻柔地飘。是谁说，所爱隔山海，山海不可平。我却要说，所爱隔山海，山海亦可平。

娘娘的纯真爱恋是爱一个人就要让他知道，爱要大声说出口。而唐宋的纯真爱恋是爱她就和她一起慢慢变好。2017年高考结束的那天正好是娘娘的18岁生日，希望娘娘和唐宋都能发挥良好，得偿所愿。

该做的事都做好后，就在一起吧。就这样一起幸福下去，不早不晚刚刚好。

////// 我只想
一个人住在你心里

文 / 孟瑞

　　不记得谁说过"我喜欢的东西，别人看一眼都算是抢"，因为遇见了你，这种霸道而且自私的爱也成了我爱你的方式。我只想一个人住在你的心里，没有邻居。

　　每个人都会生活在各自的过去，人们往往会用一分钟去认识一个人，用一个小时去爱上一个人，最后却要用一辈子去回忆一个人。树先生的高中是在重庆上的，"山城"中旖旎的山水冲淡了夏天的烈日炎炎。鹿小姐也在这所学校上高中，他们一个班。

　　当时鹿小姐在班上有"梁咏琪"之称，大大的眼睛会说话一样，短发永远有好闻的洗发水味道，身高一米七二。树先生当时看到她，身体的左心房和右心室就牵手告诉他，爱情来了。鹿小姐学习成绩很好，是班长，长得又漂亮，班上很多男生惦记她。树先生写了一张字条，请同学帮忙给她传过去：短发的你真好看，你也不知道我是谁，只是跟你说一下。

没多一会儿字条从前排传了回来：你以为我不知道？字这么丑的没几个。别忘了作业都是我检查。两人从传字条到互相写情书，爱情永远都不是一厢情愿，而是互有好感。他们双方都没有捅破那层纸，就这样互相喜欢着。

"你知道吗？现在想起来最让我难忘的就是下课后，我俩会到后门没人的阳台上听歌。那时我有一台卡带机，我们共用一副耳机，一人一只，听同一首歌。一直听到天黑，两人就那么坐着听。"

有一天在阳台上，鹿小姐表情很严肃，没了往日的笑容，脸上写满烦恼。"妈妈想把我转去德尚体校，学体育。"鹿小姐说。

树先生脱口而出的竟然是："哦，那所学校挺有名气的，我觉得是好事。并且考大学也容易一些，学体育应该有加分吧。"

"还记得你写信给我说咱俩考同一所大学吗？"鹿小姐不舍的语气里带着不确定。

"当然记得，那是我们的约定嘛。"树先生的眼睛不敢看她。

"你让我去？"鹿小姐追问。

"当然要去。咱俩不在一所学校也无所谓，都好好学习……"

"别说了。"鹿小姐离开了。

"她就这样离开了，然后一年没有联系我。"树先生对我说。"她其实想让你挽留她。"我说出了让他最难受的话，"……所以说青春是美好的，一切都那么纯粹。你们在一起听的不是一首歌，是对方的心跳。"

树先生顺利地考上了大学，鹿小姐落榜了。他们之间随着信件的退回仿佛中断了所有的联系。但树先生心里一直记着这个短发女孩，记得每天下课后的夕阳西下，记得一起许下的承诺。

"有一年她又来给我留言，问我要不要兑现承诺，在一起的承诺。我看到这句话，那种感觉就像手中握着碎玻璃，明知会流血却不想撒手。我也喜欢她，但我们都长大了，曾经单纯的承诺支撑不住'我喜欢她'这四个字，你懂吗？可能跟她相比，我变得没那么纯粹了。"

"是，没有谁的心思会永远只放在你身上。如果有人只为你而活着，那不是爱，是纠缠。""她对我来说绝对不是纠缠，我隔着屏幕都能听到她心碎的声音。她的这个问题我没有回答，我是不知道该怎么回答，因为我内心不确定了，我徘徊了。""这是你的初恋，被你自己扼杀掉，就这么不完美地结束了？""她给我发了短信：十年了，有些东西，想要还给你。"树先生苦笑着对我说，"我收到的是头发，她为我留了十年的头发。"树先生说到这句话时哽咽了。我拍了拍他的背。一个三十岁的男人在我面前提到初恋哽咽了，让我突然想到一句话：男人永远忘不了的就是初恋。是啊，初恋在每个人心中都像珍稀动物，稀有，珍贵，不想轻易触碰，都藏在内心最深处。

而我 \\\\\\

向南，他向北

文 / 王琛

　　有一天，家里来了客人，客人还带来了自己可爱的外孙女。吃饭的时候，我妈妈不断地给小女孩夹菜，要她多吃点儿，说会长高高。

　　看得出小女孩有点儿不高兴，饭后，我发现她悄悄把外婆拉到了阳台上，对外婆说："我晚上不要在这里吃饭了。"

　　外婆问她为什么，她委屈得直撇嘴，说："因为林阿姨老要我吃西红柿，可我讨厌吃西红柿啊！"

　　林阿姨就是我妈妈，一个十分热情好客且贤惠的主妇。尽管有时候我觉得她热情得有点儿过了。我于是回想起来，自己也是有过热情爆棚的时候的。那是在高中，在弥漫着和风暖阳的教室一角，经常坐着一个能把白衬衫穿到极致好看的足球少年。他比和风更温柔，比暖阳更明亮。他叫宋之南。文理分班以后，宋之南的座位在我的斜后方。一开始我们俩只是关系很要好的男同学甲和女同学乙，但后来我却发现，自己喜欢上他的幽默和一点儿小呆瓜气场了。

　　大概是我自己藏不住秘密，又或许是身边的好友有意无意透露，班里的同学似乎都知道我喜欢他。喜欢到就连发作业本的时候，如果有人把他的作业本乱扔，我都会站起来指责对方。

　　男生们立刻起哄："哟，宋之南你的小媳妇好泼辣啊！"

　　我才不泼辣呢，我娇羞得要死，脸红得跟猴屁股似的。但是，我的心里甜如蜜。

　　我喜欢听他们管我叫宋之南的小媳妇。宋之南为此还抗议过，但抗议无效。我那时傻傻地以为他抗议是因为他害羞，却没有想到是尴尬。那会儿，男生们踢球常常会有一些擦伤，一擦伤我就会给宋之南塞创可贴。我的课桌抽屉里放了很多创可贴，都是为他准备的。

　　在我的十八岁里，时时刻刻都是宋之南。而宋之南的十八岁，也由于我的没脸没皮，时时刻刻都是我。但是，我始终没有亲口向他表白过。而他，也从来没有问过我是不是喜欢他。

　　我们装聋作哑，却总是在别人的玩笑里看似情投意合。

　　我那时还在课桌抽屉的挡板上刻了他的名字，每次翻下挡板，就能看见小小的"宋之南"三个字。是啊！喜欢一个人，就连看一眼他的名字都是四海潮生的。

　　那年暑假，据说是有外校的学生翻进高中部教学楼捣乱，把很多教室里的桌子、凳子乱移乱砸。于是报到那天，大家都在满室狼藉里寻找自己的桌子和凳子，可我没有找到我的。有个女生神秘兮兮地告诉我，宋之南很早就来了，他好像很生气地扛走了一张桌子，不知道是不是我的。

　　我到处找宋之南，最后发现他躺在垃圾站旁边的楼梯上。楼梯底下有一张摔烂的桌子。他因为扛着桌子，不方便看路，摔了一跤，可能摔伤了骨头，腿动不了，已经在那儿躺了好久了。

　　我还看见他在哭。而那张桌子也的确是我的。是因为他看见了我在挡板上刻的名字，心里有一股无名火起，就想把桌子扔掉。那天他还对我说，他常常告诉自己，可能只差一点点，就一点点，他就要喜欢我了。但他想要的是一盏温柔的烛火，而我给他的，却是熊熊烈焰。

从那以后，我放弃了做一个强行给人夹菜的狂热分子，开始懂得察言观色，会以更温和内敛的态度待人。我也开始疏远他，疏远到和他成了一对过气的绯闻男女。而绯闻中的他最终也没能喜欢上我。他只是把自己变成了我心上一道遗憾的旧伤疤。

所以啊，有的时候，你的念念不忘，却是别人的避之不及。你给他屠龙刀，他却想要倚天剑。

待客之道如此，爱情，也是如此。

第二章
很多心情，只对你可见

　　朋友圈、来访记录、搜索栏，这些都稀松平常，最可贵的是那些深夜里不为人知的心情，只对你可见。

////// 我到现在
还没学会弹吉他

文 / 张军霞

　　我的好友桑桑最近很奇怪，总是在微信朋友圈转发与吉他有关的歌曲、舞蹈，有时还会加上几句心情按语，表达自己对吉他的迷恋。

　　我和桑桑对吉他的喜欢，缘于当年我们一起看过的一场电影。电影的名字早就忘了，只记得其中一个经典而唯美的情节：秋天，高大的梧桐树下，一个穿白色连衣裙的女孩，手里抱着一把红色的木吉他，正在忘情地弹唱。彼时，微风吹过，蝴蝶飞过，斑驳的树叶飘过，而女孩的长发和裙子也在飘啊飘……

　　桑桑激动地说："我一定要买一把这样的红吉他，我一定要学会弹吉他。"当时，我们都还是学生，买一把吉他，至少要花掉两个月的生活费，我可不敢有这样的奢望。桑桑却很快行动起来，她利用周末去打工，给别人当家教、发广告传单，去饭店当小时工，再苦再累都不抱怨。

　　半年之后，桑桑终于带回了一把漂亮的红吉他。她穿上白色的连衣裙，再把长发披散下来，轻轻拨弄着琴弦，很酷地问大家："我像不像电影中的那个女孩……"

很久之后，我才了解到桑桑迷恋吉他的真正原因。桑桑住在我的上铺，那天我在她的床上找一本书，却无意中看到一个日记本，扉页上端端正正地写着一句话：致那个弹吉他的帅男孩。

我想起来了，有一次，我和桑桑一起路过学校的音乐室，一个穿白衬衣的男孩正在里面弹吉他。彼时，教室的门半开着，窗外的木棉花开得正盛，午后的阳光闯进来，男孩被柔和的光线笼罩着，桑桑看呆了，轻声对我说："他真帅啊！"当时，我急着去图书馆还书，没有心情逗留，拉起桑桑就走。我真的没有想到，从来没有谈过恋爱的桑桑，从此开始了一场漫长的暗恋。

那个男孩是学校音乐协会的活跃分子，因为吉他弹得好，不知迷倒了多少女孩。而在这些被迷倒的女孩当中，桑桑是最痴情的一个。她去食堂吃饭时，会特意晚一会儿，只为能坐在男孩刚刚坐过的那个座位上；她去图书馆借书，要千方百计找到他的名字，然后借阅他曾经看过的书，并痴痴地在书页中夹入精心制作的书签——万一哪天他又来借这本书呢？

音乐协会要举办一场演出，但经费不足。她听说了，便把自己辛辛苦苦打工攒下的一笔钱拿去赞助。那是他第一次跟桑桑说话，他接过带着她的体温的钱，笑着说："谢谢！不过你为什么要赞助我们？"桑桑紧张得快要死掉了，她在转身逃掉之前，笑着回了他一句："因为喜欢啊。"

是啊！因为喜欢，不仅因为喜欢吉他、喜欢音乐，更因为喜欢你。桑桑把这句话埋在心里，反复咀嚼了千万遍，却从来没有说出口。有一天，桑桑听说他想去参加一场大学生吉他比赛，他自己的吉他却不够好。于是，桑桑把自己的吉他送给了他。他惊讶地问："为什么？"桑桑淡淡地一笑，说："我喜欢吉他，但是一直不会弹，闲置着太浪费了，不如送给真正喜欢的人。"

桑桑没有说谎，她本来是一心一意要去学吉他的，可是她把积攒了很久、准备用来学吉他的钱，赞助给了学校的音乐协会。

他就真的背着桑桑的吉他去参加了比赛，果然获了大奖。他风风光光地回来时，一个白衣飘飘、长发飘飘的女孩，抢在所有人面前跑了过去，两个人甜蜜地紧紧拥抱在一起。当然，那个女孩并不是桑桑。还没等桑桑的心情平复下来，我们就毕业了。从此，吉他成了桑桑最忌讳的话题。

现在的桑桑已经非比寻常，她是一对双胞胎的母亲，也是一家电台的情感节目主持人，她的微信公众号有众多粉丝。她在文章里说自己喜欢吉他，小城的天空就刮起了一股吉他之风，那些粉丝争着抢着要去学吉他。

我知道，就在不久前，小城有了唯一一家吉他专卖店，那个名字叫李岩的老板，不但卖吉他，还办起了吉他培训班。最开始，他的专卖店几乎没有顾客，也招不到学生。后来情况突然出现逆转，跑来学吉他的人几乎爆满，他和妻子两个人都忙不过来，只好又雇了两名助手。

这个李岩不是别人，正是当年每天出现在桑桑日记本中的男主角。我跟桑桑还像当年一样，是无话不说的闺蜜。有一天，桑桑和我开车路过李岩的吉他专卖店，正好看到李岩在指挥店员整理货物，桑桑减缓了一下车速，笑着说："我到现在还没有学会弹吉他，这辈子大概都不会去学了……"然后，桑桑跟我聊起当年暗恋李岩时那些傻傻的举动，就不停地笑啊笑，眼睛里却有点点泪光。

有些男生，\\\\\\
你真的追不到

文 / 米粒 D

　　钟念风是我高中同学，那个时候流行小虎队、林志颖，他长得比那些明星都好看。高瘦、白净，一身的书卷气，还总带着淡淡的肥皂香。

　　小楠是我铁磁，要多铁有多铁，我俩从小住一个大杂院，从幼儿园到高中就没分开过。她外表萌妹子，内心女汉子。不说话的时候，追她的人从大杂院能排到美术馆后街。一说那些不着调的话，"呼啦"，人全跑了，就剩我。

　　就这么一个心缝大的女孩，不知怎么也成了颜控，从高一入学开始就栽进了钟念风这个天坑。为什么说他是天坑呢？当时我们学校三个年级的女生无比团结，接头暗号就是念风如此多娇，引七中女生竞折腰。

　　作为念风的同桌，我常年目睹这片战场上硝烟弥漫死伤无数的景象，心里留下了无穷大的阴影面积。因为念风的桌洞里总是被人偷偷塞进各种颜色的情书、各式小礼物，他从来都不看，满了就丢出去。于是我对自己说，将来长大了，无论心里喜欢谁，打死也不能说。不然碰到念风这种终极杀手，绝对是自取其辱。

我真替那些女生不值，信封选得那么好看，颜色那么粉嫩，里面的内容一定是柔情蜜意赤胆忠心，居然都没有被打开阅读的机会，真是暴殄天物。别人喜不喜欢念风我不在意，但小楠居然也参加了一个叫什么钟爱念风的地下组织，还发起了声势浩大的"为他写诗300天"誓师大会。气得我连饭都顾不上吃，把小楠揪到学校后花园一通数落。

我说："你知不知道，念风就是个冷血动物，没感情的。那些情书都阵亡在他的桌洞里，尸骨无存。他整抽屉整抽屉地丢进垃圾箱，你还写它干吗？"小楠满不在乎地说："他对别人越绝情越好，因为我有可能就是那个特例。"

我说念风上课也会睡觉，下课也在胡闹。早上起来也有起床气，换球鞋的时候脚也巨臭。小楠说："你什么意思，知不知道朋友妻不可欺啊。观察那么仔细，你是不是对他有意思？"

我说女生多少要矜持，上赶着不是买卖。小楠说我处心积虑瓦解她的士气。

总之，小楠变成了另一个人，整个世界只有念风的人。疯狂、敏感、焦虑、多疑。她身边总是围绕着和她一起喜欢念风的战友，她们并肩作战，互相鼓励。到最后，我觉得她们中的很多人只是在喜欢念风的道路上玩耍，翘首企盼着到底哪个女孩能俘获念风的心。她们的猎奇心理胜于一切，像赌徒一样把宝都押在了最漂亮、身材最好的小楠身上。

于是小楠不是一个人在战斗，而是带领着一群人在战斗。那些奇怪的情敌们纷纷让路，帮小楠时刻定位念风的去向，出谋划策，运筹帷幄，大家把毕生绝学和浑身真气都输送给了小楠，这绝对是我至今见到过的一群最团结最和谐的情敌。

但念风还是岿然不动。对所有人都一样，没有例外。他对女生说话，就像对男生一样简单明了。眼神永远直视，毫不躲闪，正面迎击一切糖衣炮弹。事后，我想想，一个青春期的男孩，心无杂念地行走在异性炽热火辣的目光中，从不驻足，也毫不留恋，没有人能阻碍他向前的信念。

小楠开始不安于地下，她自学了很多追男生的妙招。什么欲擒故纵、声东击西，把三十六计里的三十五计都使遍了，就差走为上计了。

在大家熬夜奋战的高三，小楠把时间和精力都用在了攻克念风上，像我们这样的县城中学，不考年级前十，根本上不了知名大学。眼见我的成绩稳步上升，小楠的父母急得要死，求我一定再找小楠谈一谈。

一模成绩刚出来，我正暗暗欣慰自己新的名次。念风是万年老大，从来没让别人触及过第一的宝座。我盘算着自己在数学上再用力就可以坐稳前十，以后晚上除了做套题，最好再练练反比例。正琢磨着，小楠忽地冲进来，站在念风面前，一边哭一边说："我到底怎么做你才能喜欢我？"

那个年代，很少会有女孩子如此明目张胆。同学们"哦"一声炸开了锅。

两军对垒，贴身肉搏。

我看着小楠，她早已不是那个胖乎乎的小女孩。不知不觉中，她变得高挑纤细。眉眼那么秀丽，腰肢那么柔软。可是念风，丝毫不为所动。

"我从没有回应过你。现在我不会喜欢任何人。"念风冷冷地说。

忽地，同学们都散开了。班主任站在门口看着这场琼瑶大戏。

我拉着小楠出去，她梗着脖子，斜着眼睛看着念风，泪水像断了线的珠子噼噼啪啪地落下来，怎么抹也抹不干净。我永远忘不了她的眼神，那么凄苦，那么无助。

我对小楠说："承认吧，有些男孩我们就是追不到。但追不到就追不到，天又不会塌下来，地球又不会爆炸。我们眼下最重要的是把高考考好，上更好的大学，找更好的工作，有更好的未来。到时候，会有更好的男孩在前面等着你。"

"可是钟念风，全世界只有一个！"小楠冲着我嘶吼。两排牙齿狠狠地咬在了我的肩头。

大学录取通知书来了。我们学校有9个人考到了北京。我和念风上了同一所大学。

小楠决定复读。我们约定在北京见。

上了大学，念风的世界还是老样子。百花丛中过，片叶不沾身。大一的时候涌现出了许多惊天地泣鬼神的感人事迹，简直都是高中的翻版，但念风从不在意，不驻足。

小楠到底没有考到北京，她常写信来询问念风的消息。后来有了手机，就经常打电话了解念风的近况。后来打得少了，再后来听说小楠恋爱了。

再回忆起这段经历是在欢送念风的聚会上。他如愿去了美国读研。饭桌上，大家喝得特别开心。念风一边笑一边陪着大家慷慨激昂地胡闹。

回宿舍的路上，他第一次在我面前提到小楠。他说那时候自己年轻，没想过别人的处境。他知道小楠是真的喜欢他。如果伤害了小楠，请我代他道歉。

我说："没事，现在小楠很好。只是我很好奇，这么多年，各种类型的女孩追你，你从没有一个动心？从没有喜欢过一个女孩？"

念风平静地说："我从来没见过父亲，是妈妈含辛茹苦地把我养大。这辈子让妈妈过上好日子，是刻在我心上的一排字。我的每一分付出必须得到回报，我的每一次努力必须看见成效。这么说吧，我的人生就像一台精密的仪器，哪个时间驱动哪个齿轮早已定好。那些女孩都很好，可惜都出现得太早。"

我看着念风的背影，不知该说些什么。无论怎么努力，有些男生你就是追不到。因为人生是一场没有彩排的话剧，演出顺序真的很重要。

在错的时间里，你一出场就输了。

////// 从前从前，
有个人爱你很久很久

文 / 恶童

- 1 -

徐先生表白了，喜欢了一个女生十年之后，终于表白了，表白现场，徐先生选择放了一首周杰伦的《晴天》，而不是大家都以为的那首陈奕迅的《十年》。我很诧异地问他为什么，他微笑不语，面色红润，沉默许久后给我讲了他的故事。

初三，徐先生第一次表白，他紧张、激动、无所适从。出于自己学霸的身份考虑，也为了避免自己的表白落入中规中矩、毫无创意的俗套，徐先生玩起了高智商的套路，他自创公式，将密码数字深藏于九年义务教育数学课本中，利用九宫格、迷宫对接、三角函数以及勾股定理等知识，外加成语接龙、典故引用以及部分脑筋急转弯，倾力推出一道全方位综合性立体制的思考应用题，引得同桌女生大花一脸迷茫，前后桌的同学用了近一节课的时间也没能得出答案。徐先生做了一遍，发现此题果然存有争议，可以用两种思维方式来解题，分三种情况来讨论。后来大学毕业成为程序员的徐先生才知道，这道题考虑不周，存有bug（漏洞），最终此题和他无疾而终的表白一样陷入了无解的境地。

- 2 -

高一，徐先生吸取了教训，转而改用简单粗暴的方式来终止自己的相思之苦，这一日他来到隔壁班，叫出昔日的同桌大花。

"嘿，林大花，我们班有一个男生喜欢你！"

"瞎说什么呢？烦死了！长得帅不？"大花娇羞地抽打着徐先生的肩膀。

徐先生呆住了，林大花还不知道对方是谁呢，都说了是自己的朋友，那就表示一定不会是自己。大花问那个男生帅不帅，她居然问那个男生帅不帅，在明知道不可能是徐先生的情况下，这么说来，林大花是不喜欢自己了？

"林大花，你怎么这么不矜持呢？你要点儿脸行不行？"

"说谁不要脸？"林大花再一次抽打着徐先生，只不过这一次是脸。

就这样，徐先生的表白等到高二下学期还没有成功，他只是像对普通同学一样对待林大花，偶尔趁午休凑到她吃饭的桌子上闲聊，偶尔帮忙给起床晚的林大花捎带个早饭，偶尔在林大花懒得动弹时把暖壶里的热水打好，偶尔去书店，把林大花说过感兴趣的书买来假装不借给她看，打着初三生死与共患难见真情的好同桌的旗号，徐先生的关心来得恰如其分，理所当然，丝毫没有引起其他任何人的怀疑。也是，徐先生这么好面子的人，怎么会把喜欢表现得那么明显？就连当事人林大花，也丝毫察觉不出来这"哥们儿"的用意，尽管徐先生的偶尔正一点点地变成经常。

— 3 —

"林大花，你还记得我跟你提过的，我们班有个男生喜欢你吗？"徐先生在高二期末考试完事的那天放学回家的路上终于还是没能忍住，不是他不小心，只奈这真情难以抗拒。

"记得啊，你打算告诉我是谁了吗？"

"你好像一点儿都不好奇啊！"徐先生装作饶有兴趣的模样，实则为了掩饰内心的焦虑与恐惧。

"如果你答应的话，我就告诉你他是谁。"徐先生怕遭到拒绝自己脸上挂不住，想到了如此"妙计"。

"你傻啊？我都不知道他是谁，怎么答应？"林大花先是破口大骂，随后凑到了徐先生的耳朵根，神秘兮兮地说，"我啊，可不会随便答应别人，我呢，可是一个矜持的女子。"林大花学着徐先生的样子，随后意味深长地笑了。徐先生一时半会儿没能反应过来，也不知道林大花这是拒绝还是没拒绝，自己是该高兴还是该不高兴，他就卡在了那里，什么话都说不出来。

"大花啊，其实有时候呢，也不用太过矜持……"徐先生对着早已经远去的林大花的背影絮絮叨叨。

— 4 —

高三，徐先生收敛了很多，毕竟高考是压在所有人心头的不可动摇的大山，复习阶段尤为重要。

这一年，学习成绩还算不赖的徐先生拥有了平生第一部手机，智能的，手指触碰，上次考了全市第250名后爹妈奖励的，还能设置密码锁，登录QQ（是腾讯公司开发的一款基于Internet的即时通信软件），晚上回家开着手机QQ一整晚，徐先生就感觉自己像是在网吧包宿过夜了一样兴奋和刺激。更让他兴奋和刺激的是，他加了林大花的

QQ，成功地要到了林大花的手机号码。

"你猜我是谁？"通过认证后，徐先生开始以一个陌生人的身份嘚瑟起来。

"不知道，你是谁啊？"

"我是小徐的同班同学啊，喜欢你的那个。不要问我的名字，因为我不会告诉你的。"

"我可是咱们学校的优秀干部、三好学生、植树节大队长……"

后面的内容林大花一点儿没看，跑到电视机前追剧去了，直到徐先生追溯到自己获得幼儿园"跑快快大赛短跑小能手"称号，林大花才最后望了一眼手机，闷头睡觉。

"在吗？在吗？林大花？林大花？还不想知道我是谁吗？难道你就不好奇？"

其实徐先生忘记了，今年学校负责植树节的大队长，全校只有徐先生一个人而已。

– 5 –

高考结束之后，林大花邀请徐先生来自己家吃饭，徐先生回绝了，实不相瞒，林大花的爸爸是菜市场卖菜的，虽然自己企图霸占他家闺女的事实几乎只有徐先生自己心里知道，但是徐先生还是害怕，晚上做梦林大花的亲爹提着菜刀追出自己好几十条街，去他家吃饭即使猪肘子管够也只好婉言拒绝。

然后林大花说："放心吧，我们家今天就我一个人。"

"一个人？"徐先生开始思索。

"对啊，就咱俩，哦，加上大黄。"大黄是林大花家养的一条哈巴狗，知道今天要有好吃的了，使劲摇着尾巴。林大花已经在拉徐先生了，徐先生还是一脸茫然。

徐先生心里明镜似的想：我不能去啊，这不明摆着吗？你林大花什么时候做过饭？怕是家里大人都出门了没人做饭吃，你和你家大黄又不甘心吃方便面，就把我这种业余伙夫找过来受苦受累来了。鸡贼啊，实在是鸡贼！

徐先生转身要走的瞬间定格在了那里，思绪万千。

但是我姓徐的，可是给林大花买了这么多年早饭的男人，是林大花忘带钱了第一个想起来借的男人，是每天放学路上作为林大花护花使者的男人，像我这样的男人，又怎么能眼看着林大花煮方便面吃呢？即使是死皮赖脸，即使是被误会成傻子，我也得把这顿饭做了！说着，徐先生轻轻地敲响了林大花的家门。

- 6 -

而今天，徐先生表白了，他再也不是当年那个情商着急的愣头青了，徐先生终于从小屁孩变成了真正的徐先生，大学毕业后他顺利地成为一名软件工程师，成为我的同事，而他最想成为的，是林大花的男朋友。

"从前从前，我们班里有一个男生爱你很久。"徐先生声情并茂，手捧鲜花，音乐声响起那一瞬间，我的眼眶忽然不自觉地湿润了，我好像忽然明白了徐先生为什么要选择这首歌，徐先生不懂得浪漫，他俗气、古板，甚至有那么一丝丝不可理喻，但是徐先生爱了一个女孩十年，没有哪一个男生的初恋是仅仅用十年就可以表达清楚的，没有哪一个男生不曾梦想着能和初恋一起走过一生中所有的岁月，那句"从前从前，真的爱了很久"，但是我们大多数人故事的最后好像都只是说了一句"再见"，然而古板的徐先生是执着的、深情的，也是幸运的。

从前从前，有个人爱你很久。但偏偏，风渐渐，把距离吹得好远。好不容易，又能再多爱一天。

痛苦的 \\\\\\\\
礼物

文 / 秋微

"喜欢上一个人",发生在14岁,还是被禁止的。忽然之间,我有很多事要忙,忙着忧郁,同时忙着掩饰忧郁。

就在这种心事重重无法自处的阶段,班主任杨震宇的一个特殊的作文训练,给我制造了一个情绪的出口。那次作文课,杨震宇带来一个画架和几张图片,他把那几张图钉在画架上,图片内容分别是人物、静物和风景,然后让我们随便选一张自己有感觉的图片写一篇作文。

他说:"大家如果看不清楚,可以走过来仔细看,文章写什么体裁都行,散文、议论文、小故事,随你们便,字数也不限。我只有两个要求,一是体现观察能力,二是发挥想象力。"

杨震宇总是这样,他有很多时候都随我们的便。

我因为正处于暗恋中,情感特别丰富,特别需要借题发挥,随便选了那张风景图片,洋洋洒洒地写了篇以"伤离别"为主题的文章。

隔了一周，我的作文被当作范文在作文课上朗读。

那是我人生中第一次听到别人念我写的文字。在杨震宇的声音里，我全身的细胞都像受到电击一样猛然苏醒，让我清楚地感受到它们的存在。

下课之后，杨震宇收拾好教案，离开教室之前，沉吟了几秒，转头叫我的名字，示意我跟他走。以之前的经验，被叫去办公室十之八九不会是什么好事，剩下来十之一二可能是好事的，也只属于那些所谓的"天之骄子"。即使杨震宇一次次在我面前打破常规，我也没想过，那些不同凡响的事有一天会与我有关。

我走在杨震宇身后，带着一身的胆怯，跟着他走进办公室。

杨震宇带着我径直走到他的办公桌旁，放下教案之后，他在旁边的书架上翻找了一阵，抽出一本书，转身递给了我。

"你可以看看这个，说不定有一天，你也可以写出这样的东西，也出一本书。"

我接过那本书，是一本三毛的散文集。我捧着那本书，手臂抖了抖，无言以对。我抖是因为我没有收到老师赠予礼物的经验。

杨震宇没理会我的局促，继续道："我喜欢的作家杰克·伦敦有一个特别的写作训练，他会随时随地把他认为有意思的东西记录下来。通过这个方法训练观察能力和叙述能力。我个人认为灵感都是熟能生巧的结果。如果你对写作文有足够的热情，我建议你试试这个方法。"

就是从那天起，我开始写观察日记。杨震宇说："一定要仔细观察、认真体会，把你观察到的都如实记录下来。'如实'特别重要，就是尽量观察、尽量记录、尽量思考。时间长了，你有可能会发现，你的观察力越来越敏锐了。"一周之后，我把第一次写的观察日记交给他，那一周，我观察的是阳光的变化。

　　杨震宇把那个本子还给我的时候，在这句话下面写了一个很大的"好"字——"今天的光线强烈，我抬头看了太阳一眼，再低头，看到了世界的底片"。

　　尽管只有一个字，却正是它启蒙了我对爱的认知。之后，每当谈论"爱"，我都认为所有真正的爱，都必须基于对一个人的了解和欣赏。

　　我的观察日记又持续了几周，从阳光转向植物，再转向每天趴在学校门口的流浪狗。第一个本子快写满的时候，杨震宇又给了我一个新的本子，同时作业也升了级："从这本开始，写一个你感兴趣的人。"至此，我从杨震宇那儿得到了一个"偏方"，那些堵在我心里的单恋，伴着对那个人无法克制的"观察"，被我一字一句地写了出来。

　　我妈看到我经常在房间里奋笔疾书，很高兴，偶尔拿一两样零食进来问我："写什么呢？"

　　我说："我们老师留的作业。"

　　她探过身，刚好看到我正在使用的一个词"宠辱不惊"——成语总是能起到使一个句子变得深奥的作用。我妈很满意，说了句："噢，好好写。"就没再深究。

　　不久，我从最初只能写出"今天J迟到了，没参加晨跑"，到后来，在杨震宇的种种启发式的点评下，已经能把J在一个课间10分钟之内的动态写得跌宕起伏。

　　我越来越喜欢这项写作的训练，除了成就感之外，更重要的是，我内心那些拥挤着的情绪，都借由文字尽情释放出来了。

　　出于对杨震宇的信任，我对J的单恋在文字训练中一览无余。

　　杨震宇对我的单恋本身始终保持着距离，从未过问，只就事论事地在每篇文章上圈圈点点。

"有待商榷"这四个字，是我从杨震宇给的评语里学到的。"商榷"这个概念在我的人生中出现，也是从杨震宇开始，他是第一个不用"批判"和"否定"来对待我们的大人。在"商榷"中，我紧绷的心弦渐渐舒展。一个少年，在十三四岁的年纪，有幸把对这个世界的诚实化作文字，练就一种技能，不管今后是否以此为谋生的手段，它都是珍贵的礼物。

没多久，J和另一个女生成了我们班唯——对公然出双入对的少年恋人，他们瞬间成为全班热议的焦点。杨震宇对此没有表态。不久后，一天的自习课上，杨震宇走到我的座位旁边，轻轻拍了拍我的肩膀，说了一声："来。"

我又是那样，低着头，跟在他身后，穿过校园，跟着他走进一个独立的办公室。

杨震宇示意我坐下，他从柜子里拿出一个干净的茶杯，沏了一杯热茶，放在我面前。

然后他隔着桌子坐在我对面，停顿了一下，说："要是最近不想写，可以先停一停。要是想写点儿别的，随时可以问我。"

我像被打开了泪闸的开关一样，开始对着那杯茶掉眼泪。

杨震宇在我面前不远的地方，看着我的眼泪时疾时徐地掉落。

他对事情本身没做任何具体的评论，更没有任何肉麻的肢体语言，他的关切自有风格，很淡，可是显而易见。

少年的容身之所其实非常有限，当成长推挤着少年们在父母面前掩藏真实的自己时，学校就成了最重要的阵地。一旦在学校也要背负另外的伪装，时光就会变得难挨。

我的单恋，就有那种在双重伪装压抑之下的难挨。

还好，在一个透不过气的艰难时刻，杨震宇给了我一份没有批评的了解，好像一个人失足落水后及时出现的救生衣。

很多时候，支撑一个人渡过人生中诸多困境的，就是"了解"。

而那些在年少的你受伤时没有加以任何道德的指摘和批评的大人，是真君子。

杨震宇在任由我掉了一阵眼泪之后，转身从他身后的书架里抽出一本书，给我讲了一部他喜欢的作品。

他讲的是杰克·伦敦的《热爱生命》。

我记得那天最后他说："上天有时候会给我们一些礼物，有可能是和颜悦色地给，有可能是风驰电掣地给，有时候是令人快乐的，有时候是令人痛苦的。怎么给不要紧，要紧的是你要发现礼物，还要尽力接住礼物。那些礼物，你不接住，或是不及时接住，就错过了，就是暴殄天物，'礼物'是不会等你的。"

我听了他的话，暂时从伤感中抽出身来，为他如此自如地使用这么多成语而折服。

那是我少年时代的运气，在单恋像小船触礁一样断裂沉没之时，杨震宇以君子之姿，告诉我"礼物可能是痛苦的"，这一剂及时的"了解"，送我回到可能痊愈的归途。也正是这个过程带给我一个重要的领悟：每个人这辈子对自己最大的责任，就是要发现自己的那个"我"。一个怯懦或昏聩的人生，是没有"我"的。

直到受到杨震宇那么郑重的肯定后，我才忽然想要问自己一句"我是谁"。继而，为了这个"我"，必须于茫茫人世中，清明、独立、勇敢地走出来，走下去，不论面对何种境遇都不退缩，直至走到天尽头。

////// 有
喜欢的人

文 / 浅步调

小学五六年级的时候，曾经喜欢一个隔壁班叫国庆的男生。男生长得高高的，眼睛一笑就眯成一条线。每次路过隔壁班教室后排，我就挽着同伴的胳膊，故意放慢脚步，踮脚抬头，偷偷往他坐的位置瞄。下午放学的时候，也会拉着邻居故意晚走，为的就是尾随他走出校门，那一段看着他背影走的路，真是惊心动魄呀！要控制着步伐，不要离太近，也不能离太远。如果他突然一回头，我就像忘记台词的演员，牵着同桌的手，马上就会握紧变麻木，满手是汗，刹那间停下也不是，继续走也不敢……

有一天，在操场集合的间隙，我正在偷瞄离我距离近的他站立的方向，他突然莫名其妙地回头对我说："看什么看啊？"我当时一下就傻眼了，完蛋了，完蛋了，真是完蛋了，自己此生最大的秘密被发现了，人生第一次愿意用死来抵挡这样的难堪。在我还在想怎么回应他死得会比较好看的时候，后面传来一个女生的声音，用东北口音抢先回复了一句："瞅你咋地？"我转身寻找声音来源，看向周围人群的时候，看到了无数张像我一样，如释重负的脸。

那一刻，才知道，原来偷偷看他的人，不止我一个人。那一刻，才知道，原来优秀的人，是闪光的，他像聚光灯一样，让所有人的目光，都不自觉地看向他。

后来，这样偶尔得到的真理一次次地得到验证。所以，年轻的时候，要很努力地去发光啊。

初中的时候，开始了人生最深刻、最旷日持久的一次暗恋。那是一个高高瘦瘦的男生，唱歌很好听，尤其是唱周杰伦的歌。那时候的我，就喜欢男生穿白衬衣、戴着眼镜、英气逼人的样子，那是我一生对帅的诠释。关键是那个长得好看的男生，学习成绩还好，英语念得溜，还有一副好脾气。

有一天，我百无聊赖地倚着桌子，拿着一杯水，把腿在过道里伸直展开，仰头靠着同桌，照着最舒服的姿势，准备喝水消磨时间。在腿伸进过道的瞬间，男生正好一路小跑过来，格外出其不意地，竟然被我绊了一个趔趄。我满嘴的水，看到绊倒了人，绊倒的人又是他，一紧张，嘴里的水，一下子控制不住地咳了起来。我看着他，想保持矜持地说一句"对不起"，可是咳嗽得眼泪都止不住了，只好边咳，边变着脸部表情，拿着水杯，对他做了个举杯的姿势。他却看着我突然笑了起来。那个笑容，就像是给孩子宠溺的赞美，夹带着心疼，太好看了，太让人心动了！关键是他不只笑，还边笑边走过来拍我的后背，说："没关系啊，你慢点儿。"

你看，我用"举杯"表达"对不起"都能得到回应，这是多么美妙的事情啊！

我后来知道他父母在市医院上班，所以恨不得每次发烧都烧到头脑不清，这样就可以挂到他妈妈在的急诊科。后来知道他家跟我姑姑家住一个小区，所以每个暑假都去姑姑家，领着姑姑家的弟弟，在三十几摄氏度的小区门口晒得黑不溜秋，也不想回家。

初中毕业，高中的我们没有分到一所学校，大学也在不同的城市。看到他相册里逐渐长胖的身材和做了近视手术摘掉的眼镜，少年不再，相比喜欢他，好像更喜欢那时候喜欢他的自己。回忆起关于他的种种，依旧温柔。

我后来还是喜欢去我姑姑家看我弟弟，也还是生小病就想能不能住院，就连喜欢的人，也是高高瘦瘦的。也真是奇怪，时间改变了很多，可依旧有在成为大人之前，不想忘记的小事——有喜欢的人。

少年啊 \\\\\\

文 / 另维

　　自习下课前三分钟，我溜出教室来到楼梯口边的小前厅，记录各班值日情况的长黑板在此。我打算神不知鬼不觉地抹掉"今日迟到"栏里自己的名字，正在紧张伸手的时候，你风风火火地出镜了。斜背式的帆布包一下一下、节奏分明地敲打着你，你熟视无睹地奔跑，明显大一号的科比系列T恤的雪白下摆蜿蜿蜒蜒，你半长不短的头发立得很直很有型。

　　在撞上我的瞬间你灵巧地侧过身，向前踉跄几步，才终于停下。站定之后你立刻转向我，像是下意识地，你用右手握了握自左肩斜横到右胯骨的书包带，然后低下头微微欠了一个身。

　　对不起，你说。你在抬头的瞬间好像看了我一眼。我还来不及确定，你已转身三步并作两步，匆匆上楼去了。

　　少年啊，那时节正是年级里流言四溢的时候，什么二十四大班花、十大美女、三大级草排名接踵出炉，人气级草第三名是音乐才子朱迟远，第二名是富家子姚亦安，第一名是长相好、性格好、体育更好、成绩最好的陈北词的传言，我再怎么一心只读圣贤书，也不可能没听说过。早自习的下课铃响了，奔向食堂的人群一下子挤满了这间狭小前厅。我的少年，我还在原地动弹不得，我的全身上下都充斥着一种强烈的直觉，你是陈北词。从那之后，我忽然多了一种奇妙的感觉。

而这种奇妙的感觉竟像流感飞速蔓延起来，篮球场上看到你身手不凡被喝彩不断我会骄傲，听到别人打听你议论你我会骄傲，俨然成了一个活脱脱的情绪失控女。然而陈北词，事情并没有一直这样清淡如水却美好如诗地进行下去。

传言说，你喜欢上常去看你们打球的女孩，她同你的一部分球友一样，是学校里最特立独行的。他们不以成绩为耻，逃课像别人上课一般积极，生活的主题是穿衣打扮四处游玩，靠家世背景进四中，高考和将来对他们来说，简直有如脚下的蝼蚁，丝毫不放在眼里。

脱离高考阴影这么久，我还是无法理解，那些人究竟如何做到完全不想自己漫长的将来、完全不愿学习知识充实自己、完全白费父母的血汗钱混日子而安然自若的。我相信品学兼优的陈北词你也一样。所以那个女孩才会拒绝你，对你说："我们不是一个世界的人。"

许是受了这件事影响，高一末尾的文理分班考试，你发挥严重失常，竟然一下掉出前400名，从特奥班被分到鱼龙混杂的平行班。

我可怜的陈北词啊，何其优秀的你连续两度受挫，天时地利人和之后，你终于再也把持不住，就这么跟着你同班的球友烫染了头发逃起了课，放弃以往所有的努力，在一片哗然里朝那个女孩的世界去了。我常常为你惋惜，十二年寒窗你努力了十年，革命即将成功你却停止努力。600分等着你，好大学等着你，好工作好未来好人生全在向你招手，你居然扭头就朝反方向跑了。

我其实也羡慕你，都是十七八岁的大小孩儿，谁不爱玩谁不想玩？可我好不容易从偏远小县城考过来，我是我们全家最大的骄傲。你是前途无量、铁板钉钉的名牌大学生，我可以用你激励自己好好学习，争取和你考进同一所学校。你不学无术注定将来名落孙山，我就不可能向你学习了。我的人生是我自己的，这些道理，我早就懂得。

所以陈北词，我也只能这样，在渐渐变多渐渐变厚的试卷中，渐渐把你淡忘。

人一旦扎下头来做一件事，日子就过得特别快。

我再因为听到你的名字而郁郁寡欢不能自已，是在高二下学期的数学分组讨论课上。我们小组讨论一道高难数列题，争来吵去也不见结果。其间，一个组员，你的初中同学忽然心血来潮地感慨了一句："唉，人跟人区别怎么这么大，想当年这种数列题陈北词初三时就能口算了。"

高二才来的转校生闻言，手里的笔都吓掉了："陈北词？陈北词不是个混混吗？" 陈北词啊，那一刻我想起曾为你超过你班第一名而骄傲不已的自己，那种恍若隔世的错觉，真的让人难以呼吸。你这么优秀的人，我怎么能看着你走在歧途上而坐视不管呢。

我决定写一封信给你。

我想告诉你，对自己的将来，请至少有一个想法和目标。好比说我，我想考一所好大学。

名校这张牌，纵使不能证明一个人的能力强弱，但至少代表了长达十二年的踏实肯干，并学有所成的品质与水平。所以陈北词，我多么希望你能考上最好的学校，它真的能给你的人生比别人多得多的可能。

我像高一伊始时一样，怀着忐忑的心情把信塞进你的抽屉。没过几周，竟看到你顶着短短的黑发，背着斜挎书包手握习题册出现在教学楼里。虽然幻想过许多遍，但我依旧忍不住躲起来，惊讶又感动地捂着嘴哭了。

年级里有传闻徐徐散开，人们都说，你遭到不良少女型女朋友的背叛不说，还被人打了一顿，可能觉得太丢脸了混不下去了，只好回来学习。

陈北词，我才不相信那些话。不过无论如何，你回来用功念书了，一切真是太好了。

我再见到你，已经是高考结束的十多天后了。下午六点，我出门买晚饭，刚拐到小巷口，就看到你踩着拖鞋拎着馒头，从路尽头慢悠悠地走来。依旧是宽大的白T恤，科比头像微微勾勒出你胸口的线条，看到我对你微笑后，你停下脚步，回应我的笑容很是友好与迷茫，显然一副有点儿眼熟，却一时想不起是谁的样子。

"高考怎么样？"讪讪地，我先开了口。

你挠挠脑袋："还好吧，正常发挥。""那就好。"这个节骨眼上的人类没有别的话题，于是我接着问，"志愿想好了吗？"

"嗯。"你笑了一下，报出一所三本分校的名字。

那个瞬间，我忽然很伤感很想哭。

"我记得你以前成绩很好的……"我忍不住感慨，却又不知如何说下去，"总之，唉……还真是可惜。"

"有什么可惜的，我自己走错路，该付出代价的。"你像是陷入了久远的回忆，又马上走出来，对我露出笑容，你说，"没事啦，大学四年抓紧努力，考上研究生就全补回来了。"

"加油，祝你马到成功！"

"嗯，你也是。"

陈北词，故事进行到这里，已经正式结束了。

像每对不太熟稔的校友一样，我们偶遇时寒暄，然后道别，返校那天又打了一次照面之后，我再也没见过你。 我现在在离你很远的首都上学，就像我不知道你究竟是不是因为我的信而回归正途一样，我也不知道我有没有喜欢过你，总之一切就这么过去了。

像你这样的少年，存在于世上的任何一所学校，永远不老，你们仿佛生来就带着光芒，轻易就会被人揪出来丢在舞台中央，享受也好厌恶也罢，一举一动都会被像我这样的少女关注幻想，津津乐道。

像我这样的少女，同样生活在每所压力巨大一成不变的校园，我们普通得永远丢进人群就再也找不回来。我们鲜有人追也鲜有轰轰烈烈的爱情，花季和雨季都干白得像一张纸。但是，谁都没有资格禁止我们做梦。而你们，陈北词，你就是我梦里最亮眼的装点，让我无论多少年后回想起来，都觉得青春是无比窘迫，无比令人羞涩、尴尬，无比清新甜蜜。

////// 只够勇气
怀念你

文 / 鲨鲨比亚

- 1 -

这是她第一天在亚西影院售票，客人越来越多，她的脸颊也跟着慢慢涨红，像熟透的苹果。

"我要买和刚刚进去的那个女孩邻近座位的票！"

一张折成两折的百元钞票被推进来，她留意到他有很好看的手指，洁净、修长且有种少见的柔韧，和他的好看的、朝气蓬勃的脸十分相称，他的眉眼乌黑英挺，但脸颊上还带着一点儿圆润的稚嫩，她猜他和她年纪相仿，于是结结巴巴地提醒他："学生证可以打折，5折。"

他出示的学生证显示他就读于一所令人歆羡的重点大学。

她给了他想要的那张票，又找给他50块钱，他说了谢谢，取票，走开。她忍不住开始回忆上一个客人，也就是男孩口中的"那个女孩"到底长什么样子。

这份工作对她十分重要。她职校毕业，没什么社会关系，父母早亡，无所依仗，奶奶养大她却恨她，认为她命硬克亲。

她和11个女孩合租了一个两室的小户型房子，每月只需支付120元房租，但享受这种低价的代价是居住环境的恶劣，因为外面雷声轰轰随时会下雨，她不得不从半湿的衣服下钻过去，找到自己的铺位。她努力入睡，却被那股复杂难言的潮湿气味熏得神志清明。她不由得又想起今天遇见的那个男孩的干净的表情和整洁的样子，还有那双美丽的、显然从小与钢琴琴键密切相伴的双手。

- 2 -

接下来的一年，她又见过他6次。也就是说，平均两个月他会带他的女朋友，也就是最初他口中的"那个女孩"来看一场电影。

给票、找钱；接票、接钱；说谢谢，说不客气，固定的程序，重复了6次。其间，她总借机偷偷打量他身边的女孩，她发现她有富家女的精致与娇纵。

第二年，他一个人来看电影，她心里无法抑制地涌起一种隐秘的喜悦。

这一次，他递上来的学生证的颜色变了，她看了一下，那是研究生的学生证，她不得不向他致歉："研究生就没有折扣了。"

她想，啊，他们之间山重水复的距离竟然可以变得更远。她没留意到他试图把递进来的一百元收回去，她裁了一张票给他。

那天放映的电影叫《冷山》，说的是一个男人历经万险想要回到心爱的女人身边，却在最终团圆之后死去。

她留意到他走出电影院时眼圈是红的。

就在那一天，她被查出收了3张百元假钞，她失去了那份工作。

— 3 —

她的第二份工作是在某品牌MP3（能播放音乐文件的播放器）维修点做接待员。

这天下午，她遇到一个难缠的客人，非要免费修理一个明明已经过了质保期的MP3，纠缠了接近两个小时之后，她所有耐性耗尽。

"不行！"她斩钉截铁地丢出两个字。

对方怒了："你什么态度？你什么破态度？"说着拳头都挥上来，她吓白了脸。

一只手臂挡过来。

她安全了。她认出了他的好看的手指，抬头，对上他的视线。他的眉目一如既往地英挺，脸颊上稚嫩的圆润已被刚毅取代，他具备男子汉的气概。

不知不觉，从最初认识到现在已有差不多4年的光阴。

蛮不讲理的客人快快走开了。

她说谢谢，他说不用。

她下班，走在前面，他一言不发地跟在后面。

终于走到了她住的楼下。

她又向他道谢。

他说不用，然后笑了，笑得那么好看，她简直愿意把这个笑容刻在她的心上，不管那会有多痛。

她说再见，她又说了一遍再见，她几乎是用眼神催促他走，她宁死都不想他发现她住的地方那么不堪。

他认真地看了看她的眼睛，犹豫片刻，"再见。"他说。

— 4 —

她的第三份工作是在超市做货柜员。转这份工，是因为离家很近。

对，她有了自己的家。一个肯定会和她结婚的男朋友。男朋友去过她住的地方几次，最后一次他撞见了她同屋里的两个女孩打架，她抱着手臂瑟缩在墙角，吓得脸色发白，他冲过去抓住她的手说："去我家住！"

男友是出租车司机，30岁，为人沉默温和，喜欢做家务，喜欢省钱，喜欢照顾她。

她的青春正渐渐逝去，她摸摸脸颊，突发一个奇想，真希望在她依然还年轻貌美的时候再见他一面。

– 5 –

原来，有些愿望上帝能够听见。

男朋友执意带她来这家新开的西餐厅，为她庆祝25岁生日。他对她真是很好很好，她知道他平常连5块钱的盒饭都不舍得买，一定要买4块的，而这里的最低消费是98元一位。

在她对男友充满感激，心想如果此刻他求婚她一定立即答应的一瞬，她看到了他。

两张台子之外，他正不耐烦地屈指叩着桌面，聆听一个中年妇人说着什么。

"你要我怎么样表现出感兴趣的样子？老妈你到底从哪里找来的这些歪瓜裂枣，竟然连大学文凭都没有，你觉得和我般配吗？"

她吸了一口气，然后转身，"不在这里吃了，我们……"她想了一下，"我们去吃鸭血粉丝汤吧。"

– 6 –

"但是上次你明明说不喜欢学历太高的女孩，说她们呆头呆脑，一点儿都不可爱……"西餐厅里中年妇人委屈地说。

"对不起，妈妈。"他用好看的手指揉了揉额头，然后取出钱包准备结账，他的钱包鼓囊囊的，他已经养成了随身带很多现金的习惯，他想他到死都忘不了曾经有一次他想约喜欢的女孩看电影结果身上只带了100块钱。他终于记得学生证可以打5折之后，研究生的学生证却没有折扣。

所以，100块钱只能买一张票。他一个人看完那部爱情悲剧，《冷山》，看到最终哭出来。

"你到底要什么样的女朋友？你说给妈妈听。"妇人锲而不舍地发问。

他低头看着他钱包里永远空置的照片位，"脸圆圆的，红扑扑的，像只苹果。眼睛很美，像会说话……"他沉浸在自己的叙述中，声音越来越低，他一直记得他送她回家那次，到了她家楼下，她用眼神赶他，他猜想她这样美丽的女孩子一定看不上他这种乏味的书呆子。

面对爱情的时候，每个人心底都会恐慌，优秀如他也一样。

他送她回家那一次，是他即将出国的前一晚。他本来是准备告白的。

尾声

她不知道他又出国了，这次是定居。

她一直不知道他的名字，其实她本来是有机会知道的，每次他来买票都曾出示学生证，只要她打开他的学生证看看就能知道他到底叫什么名字，但她没有，因为她没有足够的勇气。

一次做梦，她看到了他的名字：李希华。

"李希华！找你的钱！"她喊。

已经走开的他转过身来，笑容清朗。

然后，她的梦醒了。

她永远都不会知道他是不是真的叫李希华。

时光 \\\\\\

终于泄了密

文 / 李鲁华

初三

冬天的时候午休是不回宿舍的，要睡觉的同学就趴在教室的课桌上眯会儿。我从来没有睡午觉的习惯，所以趁别人睡觉的时候我就捣乱。

把人家的鞋带解开绑在课桌上是我最爱捉弄人的伎俩。屡试不爽，却单单后桌例外。年少总会不甘心，发誓终要成功一次。所以每天他一睡着我就偷偷蹲下来小心翼翼地解他鞋带，还要时不时悄悄瞄一眼看他有没有惊醒，可惜每每快要大功告成正扬扬得意的时候，脑袋就会挨一巴掌——他醒了。

奇怪，某一天居然顺利打上了最后一个结，完美。在我强忍着心中的窃喜收工时，发现他正趴在桌上忽闪着两只大眼睛看我。我的表情一下就从喜悦变成愣怔。出乎意料，他居然对我的杰作没有发表任何评论。用胳膊支起身子来，不紧不慢地说：“喂，去给我买包纸巾。"

初三面临着一个重要选择，中考。上课的时候他拿笔戳我："你要报哪里？""一中，你呢？""六中吧。"然后我转过身，便不再说话。过会儿我又转过身："去一中吧。都一块儿多好。""我怕我考不上。"他半垂着眼有点儿沮丧。再过几天，他又说："你可不可以去六中啊？""不可以。""你为什么要去一中？""因为我想去一中啊。""你看不上六中哦。"我便又不说话。

这是一座小城，用我一个老师的话说，一块石头从城南能扔到城北，即便如此，初中毕业后，我们中大多数人也没再遇到，除却聚会。

高二

高中的时候我们会在假期聚一下，我手上戴了个黑色指环，他看到说："戴戒指了哦。""指环而已，玩的。"他又很鄙视地看了我一眼："小小孩子还学人家戴指环。"走的时候他塞给我一包东西。"什么？""不是你要的？""哦。"我边打开边说："你还真记得啊，谢啦。""连我妹都没给，偷偷带出来的，家里就这么些，全给了你。"心里满是欢喜，嘴上也只是大笑说"好哥们"。

有一阵子不知道怎么了，他常常会陷入沉默。有时候会抬头看看我，然后又低下头一声不吭地吃饭。再见的时候他的小指上多了枚尾戒，他笑笑，没有解释，我也不问，然后就沉默了。可怕的沉默。

大学

终于要去不同的城市了。

想念的时候就打个电话，天南地北地瞎扯大半个钟头然后放下电话继续忙。和不同的人走路、吃饭、上课，听不同的歌，各看各的电影，各看各的风景。

很久以来我们很默契地不提及关于年少时的小心思，却在大二光棍节宿舍聚餐后忍不住给他打电话。聊了很久，他嘻嘻哈哈毫不在意的样子甚至让我怀疑他和当初对我那么好的那个人是不是同一个。如果是，为什么在他身上看不到痕迹？如果不是，为什么当年他会喜欢别人？但其实，在别人眼里我又何尝不是这样。嘻嘻哈哈，不痛不痒。

"你要什么时候找男朋友？""不知道，大概很久很久以后吧。""哦。""我该不该找女朋友？""找呗。干吗要问我。""我们系有个女生，我不知道怎么拒绝。""哈哈，你魅力好大。倒追哦。""你会不会倒追男孩子？""会。""什么时候？""碰到喜欢的人的时候。""哦。""那你碰到过吗？""没有哎。""哦。"

很久以后的某天，我上完网关掉电脑准备睡觉时收到了一条短信。

"你总是在逃避，因为害怕失去就不敢开始。我总想着对你好对你更好，有一天你就会明白，却发现你用壁垒把自己包起来把别人拒绝在外面……你一直以为我爱的是被别人爱的感觉，却始终不相信我爱的人是你。"

我拿着手机突然不知道该说什么，张着嘴眼泪就掉下来，咸咸的。我使劲仰起头，努着嘴想要忍住，却怎么也控制不了。

最后，时光终于泄了密，那就是：全世界我只想你来爱我，却已经知道来不及了。

////// 暗恋，
是世界上最辛苦的秘密

文 / 绿筌

　　我跟绿子是在柏林的地铁上认识的。第一次见到她时，她坐在我的斜对面，而我的镜头正准备越过她拍摄困在地铁的黄昏时分。绿子就是在我按快门的时候转过头来的，一脸茫然。我赶紧尴尬地将目光移开，收起相机，装作什么都没发生。

　　第二次见绿子是在一个雨天，还是在同样的位置。地铁刹车，我的伞从椅子上滑落，砸到了别人的脚。我连声道歉，抬起头便看到她冲我一笑。绿子短发，笑起来的时候有酒窝，还有一颗小小的虎牙。然后她从背包里拿出一叠塔罗牌，对我说："抽一张吧。"

　　我说："谢谢，我不信这个。"

　　绿子说："拜托啦。"

　　绿子在我的印象里就是这样，樱桃一般，开朗活泼，又充满元气。可能因为我们都是亚洲人，于是很自然就攀谈起来，二十分钟里，我知道绿子快十七岁了，一年前和设计师母亲一起移居柏林。因为语言和文化，她几乎没什么要好的朋友。母亲的工作很忙，以至于绿子在柏林的生活就像这个城市本身一样，十分自由。外面下雨，她要在自然博物馆下车。我把我的伞递给了她，以表达先前不小心砸到她的脚的歉意。绿子很大方地接过去说："好啊！谢谢你，可我要怎么还你呢？"于是我又给她递了一张名片。

十七岁的绿子有个秘密。绿子联系我并不是为了还伞。她说："陈先生，我想请您为我拍一组照片。"我是个旅居柏林的自由摄影师，我拍照有个原则：一年里只会为同一个人拍两组照片。第一组拍摄于彼此相对陌生时，我们处在一种情绪对抗里，拘谨、羞涩或者造作。第二组拍摄于足够熟悉之后，我们饮酒聊天。我会特意找个时间走到对方的生活里，为了看见故事本身。给绿子拍第一组照片，是在她十七岁生日那天。

十七岁的绿子，就像是寂静平地上打下的一束光，平和温暖。她笑起来会露出一颗虎牙，还有两个酒窝。她的身体已经有了初步的轮廓，肌肤和胸部一样饱满。在镜子里，在浴缸中，在树木之前，她生涩、羞赧又愉悦。少女的肉体无论在光或者阴影里都无与伦比地美好。

也是在那一天，绿子和我提起健太和他的日本料理店。一场从十六岁时开始的暗恋。她爱上了日料店的师傅。我特意在自然博物馆站下了车。出地铁站，走过红绿灯，推门而入，在靠窗位置坐下。对方连眼皮也没抬，便径直拿了一本暗红色的菜单朝我走来。我看到了他的手，果然十分纤细修长。

我摆了摆手："一碗三文鱼饭，谢谢。"现在，我坐在绿子最喜欢的日本料理店，坐在她最常坐的位置，点了一份她最爱的三文鱼饭。转过头看向健太。正如绿子说的那样，他切三文鱼时的动作细致得像在帮人脱衣服，缓慢而有节奏。

很难说绿子不是因为他切三文鱼的动作而爱上他的。她极爱他切三文鱼时认真的样子。总是目不转睛地盯着他拿着刀的手指，看他一下一下温柔地划过柔软细腻的鱼的肌肤。

三文鱼饭来了，看上去真的不错。我举起相机拍了一张照片。然后小心翼翼地将芥末放到碟子里，倒上醋。边吃边想象着绿子和健太的无聊对话：

"我听人家说，女人手暖，不适合做寿司。"绿子说。

"是吗，我倒不知道。"健太回答。

"所以啊，我自己做的寿司都不好吃。"

过了很久，他说："没关系，那我做给你吃啊。"

"咦？"绿子抬了头，眼神里是直白而炽烈的期待。然后健太举起手中的刀冲她晃了晃，笑着说："反正你又不会不付钱。"

想到这里，我朝健太看去。健太终于抽空从他的艺术作品中抬起头看了我一眼。这段对话是绿子之前告诉我的。现在，在我眼前的健太……果然就像是绿子说的那样。三十岁的单身男人，寡言木讷，认真又无趣。谁还没有过几次失败的感情呀。

前几天，绿子来找过我。再过两天就是她的十八岁生日，她来找我拍第二套照片。绿子要在不久后随母亲一起回日本，大概不会再回到柏林。她长达两年的暗恋无法继续了。

我问，她爱上他什么。绿子笑着说："我也不知道啊，反正我觉得这一点儿不重要。哪怕只是对三文鱼的爱屋及乌，哪怕只是身在异乡无处投放的寄托。反正，爱就是爱啊。"

这一年多里我们偶尔也会约出来喝咖啡，听她讲一讲健太的事。我给她拍照的时候，突然发现十八岁的绿子变得更美丽洒脱了，蜜桃成熟。可除此以外，她仍保留着十七岁时的一点点可爱和天真。

"陈先生，你有暗恋过别人吗？""太久，我不记得了。不过我曾求婚失败。"我回答。"我暗恋他这件事，如果能早点儿说出来就好了。"顿了顿，绿子说，"陈先生，你还记得我们第一次见面时，你抽的塔罗牌吗？——正位愚者，代表着毫无目的的远行。"

她从包里翻出了这张牌，送给我当临别礼物。一个人的你，其实也很美。绿子走后，我又去了健太的料理店，我说是绿子推荐我来这儿的。健太说："是吗？好久没见到她了呢，她还好吗？"

"她已经回日本了，大概不会再来了。"我回答他。

"没有打声招呼就走了啊。"他淡淡地说了句。

"不告别更加容易一点儿吧。毕竟，她暗恋了你好久啊。你对她，就真的毫无感觉吗？"健太沉默了一会儿，"嗯，没办法，只是不爱而已啊。我想，她一定会遇上更理想的人。"他说这句话的时候，端着我的空碗，转过了身。

我回头翻了以前的旧照片，想起我和绿子真正的第一次见面。十七岁未满的绿子坐着地铁，她回过头，黄昏的光正好打在她的脸上，一脸的茫然。绿子，看上去一直就很好啊。我坐在健太的日本料理店，给友人寄了一张明信片。上面写着：日料，量少，适合一人食。

////// 喜欢是
一场星火燎原

文 / 容光

初遇老陈是在一个冬夜。那晚男闺蜜想唱歌，拖着头发油得能做蛋炒饭的我就奔向了KTV（提供影音设备与视唱空间的场所）。我一路担心形象太差，他安慰我："大晚上的，谁看得见你的油头？"男闺蜜呼朋唤友，一群老熟人蜂拥而至，人群中唯独有个状似高冷的陈姓男子我不认识。后来，我才知道他是年级主席的室友，被主席生拉硬拽来唱歌。

后来我们阴差阳错在一起后，他再三表示应该握着年级主席的手，感谢人家带他走上了光明大道。当然，光明必须是因为他遇见了我。后来的某天，当我沾沾自喜地问起老陈对我的第一印象时，他的回答竟然是"头发油油的，穿得像个小学生"，我就知道这辈子再也不能相信我那个男闺蜜了。我结结巴巴地说："刘闺蜜明明说大晚上没人看得见我的大油头！"老陈微微一笑："你不知道会反光？"

那晚大家胡乱点了一堆歌，很多情歌对唱。话筒传到我这里时，屏幕上恰好放着《小酒窝》。我拿着话筒随口一问："谁跟我唱这首？"一群熟人没来得及答话，就见人群中和我最不熟的陈姓同学噌地站了起来："我我我！我来和你唱！"众人皆惊，我的脸一下子红了个透。他却镇定自若地接过另一只话筒，面不改色地唱了起来。杀人游戏。我抽中了K，killer，杀手。其他所有人都闭上了眼，直到当法官的主席一本正经地说"杀手请睁眼"。我睁开眼睛，在人群中寻找我的"同党"，却猝不及防地跌进一双含笑的眼睛。隔着一张长桌的距离，老陈在昏暗的包间里朝我望过来，眉梢眼角都带着笑意。我的心跳得很快，大脑一片空白却还忍不住欢喜。可我在欢喜什么，竟然连我自己也不知道。

回寝室的时候不到早上六点，天还很黑，隆冬的风刮在脸上像刀子，而我一不小心走在了人群的最后面，于是亦步亦趋地往前跑，想跟上大部队。没过一会儿，忽然发现明明走在人群前面的老陈不知道怎么跑到了我的后面，我回过头去看他时，他正好看着我。"你……你怎么跑到后面来了？"

我没有问出口。他也不说话，只是沉默地走在我的身后，长长的一段路，一言不发的两个人。我低头看着路灯下被拉长的两个影子，忽然觉得那一刻，寒风也变得很温柔。

那次唱歌以后，我时常会想到老陈，想和他有所交集，却又苦于没有机会。灵机一动，我从他的室友、我的同班同学田田那里要来他的手机号，发短信过去：啊，那天熬夜唱歌，听田田说害得你第二天有事都没去成，要不要紧啊？他回复说：不要紧，那天我也玩得很开心。

我在这头捧着手机偷笑，顺着竿子就往上爬：那，要不然加个QQ？没有任何时间间隔，他秒回：好。

因为简短的一个字，我开心了一整夜。我开始约田田吃饭、逛操场，一路打听陈姓同学的点点滴滴。

田田把室友出卖了个彻底，立刻成了我忠心不贰的间谍。第二天起，他的"侦察"活动就正式开始。

早晨7点，我收到信息：他起床了，准备去食堂吃早饭。

早晨8点：他去上课了，第一节精读课。

中午12点：他吃完午饭刚回寝室，爬上床听歌了。

我心痒痒了，绞尽脑汁搜索了一点儿话端跟老陈说了句话。十秒钟后，田田的信息准时到达：他好像收到一条短信，笑了。

我和老陈终于开始聊天，并且渐入佳境。聊着聊着，田田的短信又来了：他不知道跟谁聊得那么起劲，上厕所忘记带纸了，刚才打电话叫我送纸去。

我坐在寝室里，笑到捶床。后来我俩水到渠成地在一起了，压根没有告白这个过程，所以我经常抱怨没享受到被追的乐趣。于是，老陈对我说："那好，我重新追你。"

"都已经在一起了，还追个鬼啊！"

"再追一次。"

"追多久？"

"一辈子。"

我哈哈笑："那不是一辈子都不能在一起了？"

他一愣，严肃地思索半天，最后高兴地跟我说："那这样，我追你半辈子，半辈子之后你赶紧答应，这样我俩就能在一起了。"真是机智。

有天夜里他做噩梦，醒后忽然跑来我的房间，吓我一大跳。我迷迷糊糊地睁开眼："怎么了？"他站在黑暗里拉住我的手，低声说："梦见那晚没和主席去KTV，结果再也没遇见你。"我眼圈一红，又好笑又感动。

我和老陈都爱吃咸鸭蛋，一个下着暴雨的夜晚，店里只剩下一只咸鸭蛋了，他就给了我。我剥完壳丢进碗里，想了想，用勺子把蛋分成两半，好心好意地把一半舀到了他的碗里。没想到他冷冷地看我一眼，一脸嫌弃地说："恶心死了。"然后，他又把蛋给我舀了回来。我当时就不想理他了，带着报复心理心满意足地吃完了整只蛋。冒着大雨回家的时候，我赌气走在前面，他却拉住了我的手。我抽回手质问他："你不是嫌我恶心吗？"他戳戳我的头，"我不那么说，你能把蛋吃下去？"我傻眼了，抬头看他，却只听见下一句："你爱吃的，我都留给你。"

老陈过生日，吹灭蜡烛许了个愿。我死缠烂打，就想听听他许了什么愿。

他拗不过我，最终妥协："没什么轰轰烈烈的愿望，只是希望熬过年少轻狂，度过平平淡淡，我身边还是你，你依然爱着我。"

////// 那一年，

我太害羞了

文 / 小岩井

人生中有些傻事，我们迟早要经历，比如追求理想，比如遭遇失败，还比如喜欢与表白。

这些傻事如果能趁早做、趁早感受，那么人生是不是会少些遗憾，多些畅快？

因为害羞而错过，这才是回忆中最让人遗憾的事。

那时候喜欢一个人，第一感觉就是自己配不上他（她），越喜欢他（她），越觉得自己配不上他（她）。其实配不上又如何呢？这并不代表自己没有权利去追求爱。

这些年我常常感叹，如果高中时候的我有现在的个性，可能就会弥补好多遗憾。其中我最遗憾的莫过于暗恋一个女生却一直不敢对她表白。

我想起我可怜的17岁，对想接近的人还没开始接触，就已经给自己发出一种警告："不要过去，你不值得让别人喜欢。"在别人拒绝自己之前，我就先蔑视了自己。喜欢一个人，似乎会让自己内心产生自卑的情绪。

高二开学后不久，我就在一天内连续三次偶遇同一个女生，而且是一个青春、娇艳的扎着马尾辫的姑娘。身为一个死忠的"马尾控"，我对这种仿佛是从水彩画里走出来的女孩毫无抵抗力。

那天中午阳光正好，在人声嘈杂的学生食堂里，她从我身旁走过。有香味吗？在我的记忆中是有的。但记忆不可信，不过我喜欢它有时候会骗我，尤其是在这么微妙的时刻。

阳光透过窗户，照在她的米色格子衬衫上，反射过来的光穿透我年少的"维特之心"。从那以后，我似乎总能碰见她，碰见她的时候，我就像被无形的手点了穴，毫无知觉地发呆远望，直到听到身旁朋友的嗤笑。

我的暗恋，众人皆知。然而在对感情的表达上，再好的朋友也爱莫能助。

那个时候的我是那么单薄，如郑板桥笔下的墨竹，清瘦而自负，怯弱却骄傲。

我渴望着在一个遥远而模糊的未来瞬间，带着轻松的笑意、自信的身形，走到她的身旁柔声问候："姑娘，我可以请你吃晚饭吗？我有一个好长的故事要告诉你，关于你，还有我。"

我暗恋了她5年。整整5年，我们没有说过第二句话。

你肯定要问："怎么是第二句话？那第一句话是什么呢？"

第一句话，真的就只有一句话。

那是高考结束后，我很不开心，几个好兄弟看出了我的忧愁，纷纷鼓励我向她表白。

那天傍晚，我们喝了点儿白酒，来到以后很难再来的操场。夕阳懒洋洋地不肯走，余晖一点点拉长我们等待的时间。

　　她终于出现了，身旁跟着一个女伴，她们绕着跑道走走停停，轻声细语。

　　两年了，我唯一知晓的，就是她经常饭后在操场上散步。

　　我被推搡到她们面前，她用那如小鹿般纯净的眼神望着我，目光穿透我的五脏六腑、七魂八魄。

　　"你……干吗啊？"

　　"没……没什么……对不起……"

　　这是我第一次跟她面对面说话，也是我第一次感受到心脏快要炸裂的紧张与羞涩。

　　当兄弟们在后面大喊"加油"的时候，她好像突然明白了什么，脸庞唰地红成了一种娇羞的美。

　　然而下一秒，我就以子弹出膛的速度狂奔起来，奔出跑道，奔出操场，奔出学校……也奔出了那个青春时代最懦弱、可笑的回忆……

　　此后我的生活总像是缺了点儿什么，我的梦中总有一个摇曳的马尾辫。

　　我努力让自己博学、开朗，像初春生长的毛笋，期冀早日雨后天晴，钻出地面，大声对这个世界说"你好"。

　　我报名参加了辩论社、话剧社、学生会，越是能够锻炼我与他人交流的地方，我越要积极地融入其中。

　　三年过去了，我似乎变了一个人，可以轻松、自然地与人交谈，随意、简单地表达自己。

　　终于，我要去留学了。留学前的聚会，有人说起曾经的糗事，我当年那个落荒而逃的笑话自然不会被落下。

　　"再试一次吧，趁你还年轻，趁你依然喜欢她。"朋友建议。

　　朋友说出了我的心声。

　　我曾问过自己："我喜欢她什么呢？"她漂亮吗？其实也还好。

她聪明吗？我更加不知道。

我并不了解她，为什么她的存在却对我如此重要，为什么她总是如此频繁地出现在我的梦里？

我需要一个答案，也许圆满，也许破碎，但我不想再半途而废。

在互联网发达的今天，找一个人并不是多么难的事。

在一个深夜，我在沉思了许久之后，终于将这些年的想念与爱恋一股脑儿地转化成邮件发送给了她……

一周后，我站在她的学校门口，看着似曾相识又焕然一新的扎着马尾辫的女孩，带着三分羞涩、七分亲切地缓缓走向我。

心依然会跳，但我相信，这次我能按住那根线，不让它再次引爆。

"好久不见，学长。"她轻轻地歪着头，露出一丝小小的狡黠，"你这次不会又突然跑起来了吧？嘿嘿。"

当初我要是不逃跑就好了，这明明是个多么爽朗、可爱的人儿啊！

我吸了一口气，对她微笑着说："姑娘，我可以请你吃晚饭吗？我有一个好长的故事要告诉你，关于你，还有我。"

第三章

呼叫爱情

　　这个时代的爱情多么迅速，而分手又是多么常见。但是最难得的是时隔多年，青春已经不在，还能拨通这样一个号码，你们聊聊过去的日子，好像一切都没有改变。

////// 很遗憾，
我还缺少一点儿酷

文 / 高晗

　　我在上高中的时候觉得自己应该谈一次恋爱。不是因为我想把桌子上写满"酷"结果全写成了"醋"，也不是因为我超过眉毛的刘海儿和盖住耳朵的头发，我只是单纯地觉得，17岁，不谈恋爱，对不起这个年龄。

　　隔壁班有个女生，我每次去厕所路过那个班的窗口总能看见她。我们班的女生都是长头发，她留着一头干净利落的短发，做题的时候咬着手指的样子那么好看。她的眼神清澈如水，而我每次看她，眼睛里都能冒出火来。阴对阳，水对火，酷对帅。我这么帅的长发，她那么酷的短发，所谓"酷帅相吸，长短相称"，按道理，我和她应该在一起的。

　　所以，剩下的就是要引起她的注意。我偷偷地跟着她，因为高中"跑饭"运动盛行，跑不快，中午想吃到饭也不是一件容易的事。她好像害怕弄脏自己洁白的校服，所以从来不去食堂，每天中午都去小卖部买烤肠和泡面。她去，我也去。

此后的很长一段时间，小卖部里多了一个在柜台前转悠但眼神并不在柜台上停留的酷酷的男生。她买什么口味的泡面，我也买同样的。她买一根5毛钱的烤肠，我买两根。

我脑子里有成千上万种搭讪的方法，比如："你喜欢吃这个味儿的泡面？我也喜欢哦，这应该就是缘分吧！你好，我叫高晗。"比如："你也喜欢吃'宇宙超级大烤肠'啊，这应该是志趣相投吧！你好，我叫高晗。"可是我从来没有机会进行以上方式的搭讪，她总是酷酷的，不注意身边的情况。有一次，她的短发甚至拂过了我的刘海儿，她却还是没有回头。

我不得不改变策略。我认为，汉字是博大精深的，所以，我打算用最古老的搭讪方式——传字条，把她约到操场上，然后自我介绍。当我把字条放到她桌子上的时候，回头的瞬间看到了她的班主任。这次的字条事件，导致了请家长事件。我费尽心机地狡辩："我放错桌子了，本来是想约戴涛涛单挑打篮球的。"但是就算这样，我还是上了他们班主任的黑名单，这让我跟她进一步互相了解的难度又加大了。

单纯在小卖部的相逢已经满足不了我对她的思念之情了。我在做了很久的思想斗争后决定尾随她坐车。她坐几路车，我也坐几路车。我每天绕1个小时路的结果是好的，因为有一天她在车站跟我说："我这儿有个苹果，你吃吗？"我欣喜地接过那个苹果，走在回家的路上，云彩都变得很亮。

当天晚上，我看着那个苹果发了很久的呆。我暗暗下定决心，再见到她的时候，要问她叫什么名字，要跟她表白，跟她说："我喜欢你。"

但她从我下定决心表白之后，就再也没有出现过，像一束光消失在大海里。那个年纪，勇气和悲伤总是消失得非常快。时间被上了发条，随着由生活组成的音乐壮烈地一去不复返。

再一次见到她是在同学聚会上，她没有了酷酷的短发，我也没有了帅帅的长发。散场的时候，她过来找我。我说："我们去海边走走吧。"夏天的海边，空气中夹杂着腥味，她的话里夹杂着复杂的情绪。她说："我爸在车站看到了我给你苹果，我妈跑到学校知道你约我去操场，他们就给我办了转学。我还想看你跟着我去小卖部小心翼翼的样子，可是我见不到了。"

她接着说："你说如果我们在一起会怎么样啊？"我说："不怎么样，你只会知道我真的很差劲。"

拐角处的楼梯，和上学时下到小卖部的楼梯那么像，海风也还是我们17岁时的模样。青岛雾蒙蒙的天气遮挡了她的脸。我的思绪回到了高中时代。其实当初我应该站在走廊里，或者操场的正中央，又或者在运动会100米的决赛场，大声喊："我，高晗，喜欢你，我想跟你在一起！"要是这样的话，我就是真帅了。

我隐隐约约地觉得好像在17岁的时候摸到了爱情的门，我用苹果敲开了门，却脚下生根，终究没走进去。那个给我苹果的女孩也消失在17岁的夕阳里。那时的我还没有一张落寞的脸，只有一颗欣欣向荣的心和对世界无限的渴望。

青春慢悠悠，\\\\\\
故事怎么说得完

文 / 吴惠子

很久以后我才知道，原来M当年鲁莽无知的举动是在向我表白。

那是我在学生时代第一次"当官"——路队长。我主要负责在人较多的地方"整队"，以免大家被冲散，还要在过马路时喊"立定"，保证大家的安全。我小时候觉得"当官"很了不起，因此经常在车水马龙的大街上无缘无故地喊"立定"，故意清点人数，以显示自己"位高权重"。

在那条路上，附和我最多的是M。为了显示自己的厉害，在我的鼓励下，他还捅过一次马蜂窝，害得我们背着书包一路狂奔。后来有一次在数学课上，M递给我一张小字条，有些字他不会写，用了拼音代替，大意是跟我表白。我还记得自己当时的反应，非常理智和冷静，我给他回道："现在我们还小，要好好学习，等长大了就可以在一起了。"那是第一次有男孩向我表白，我懵懵懂懂，不知道怎么回应，只好拼命欺负他，仗着他喜欢我，经常抄他的数学作业，让他替我打扫卫生，使劲揪他的耳朵。他傻傻的，是因为喜欢我。

我喜欢的第一个男孩叫CC，他住在我家隔壁单元的楼上，因为我妈常在他家打牌，所以我放学后便经常去他家写作业。

刚开始我们互相看对方不顺眼，他一天到晚痞里痞气的，横着走路，吊儿郎当，还加入了我们年级一个特别蠢的帮派"冷血十三鹰"。当时我们快小学毕业了，我是中队长，袖子上戴着两条红杠，从头到脚一身正气，自以为长大了，便打心底瞧不上他。我和CC打过好几次架，都是因为写完作业之后要看电视而抢遥控器，我要看《熊猫京京》和《美少女战士》，他要看《圣斗士星矢》。我当时心想，圣斗士动不动就一道光劈来劈去，简直无聊透顶。

我和CC在他家的沙发上拿着抱枕互扔，有时候还上脚踢，他力气大，我打不过他。但基本还是我赢，因为一打不过他我就哭，我一哭他妈妈就从麻将桌上冲过来，把他拖到沙发的另一边搂他两下，教育他"好男不跟女斗"。我和CC上学时在一起，放学后还在一起。有时候我妈打牌打到很晚，我在他家的沙发上看着电视就睡着了。我们经常一起吃泡面加火腿肠，一起吃外卖的茄子炒肉，一起站在麻将桌边给各自的妈妈数钱。

然后突然有一天，我和CC不知为何，竟化敌为友，开始互相谦让了。我们不仅不打架了，还主动把遥控器让给对方。以前我和他都不太喜欢自己的妈妈打麻将，后来我们经常在家问："妈，你今天怎么不打麻将啊？"

我和CC情窦初开，但上初中时分到了不同的学校，彼此刚开始萌生的好感最后不了了之。后来物是人非，发生了很多事，先是他家搬走了，接着是我家搬到了另一座很远的城市，我们便再也没有联系过。

但我知道，他第一次妥协，主动把遥控器让给我，是因为喜欢我。

后来，我这辈子收到的几乎所有的情书，都在初中三年集齐了。那时候，大家基本把常用的汉字认全了，开始听周杰伦的歌，以为自己听懂了歌里的爱恨情仇，就想试着去爱一爱。但我不想。我那时候开始热爱文学，喜欢写日记。跟同龄女孩比起来，我发育得还算比较好，也显得比较深沉，平日虽不苟言笑，却也收到了好多情书。每个给我写过情书的男孩的名字，我至今都还记得，有"学霸"，也有"学渣"。

当时面对少年们五花八门的表白，我沉浸在自己"高冷"的形象中无法自拔。14岁正是早恋的年纪，可我偏偏看着"新概念作文大赛"的报名表，跃跃欲试，觉得身边那些喜欢我的男生都愚蠢透顶。

但更令人遗憾的是，在我们心不甘情不愿地被迫长大的这段日子里，因为太想圆满，反而错过了许多人。因为长大后才会明白，我们大部分人无法享受彻底的孤独和绝对的自由，我们的灵魂渴望愉悦、分享、爱，所以我们需要带着自己的灵魂去侵略，也需要敞开心扉，迎接陌生灵魂的善意入侵。

////// 这些都是
浪漫的片刻

文 / 谢宁远

　　他和她是在健身房门口遇见的。人总是不多，泳池的水也换得很勤，跑步机上方的网络电视里节目很全……这些细节当然都令她欣喜，但让她决定办卡的真正原因是健身房就在她的公司楼下，午餐时间都能来练一会儿。

　　那次，她刚跳完一小时的尊巴出来，站在前台边还钥匙，打完拳的他抹了把额头上的汗，走过去，开门见山地说："我在对面那栋写字楼里上班，想加你微信。"她也不扭捏，大方地笑了笑，默默递给他二维码去扫。

　　三两天后又碰上，他得寸进尺地邀她去街对面喝咖啡，她看时间还来得及，于是点点头。进了店里，不等他开口问喝什么，她就点好了一杯冰拿铁并付了钱，然后坐下来悠哉地打量他。决定在一起的那天，他从手机上送了一张冰拿铁的电子券给她，对她说："这杯咖啡是我一直想还给你的，能认识你，已经是你给了我大面子，除了埋单，我到底还能做什么呢？"

她想，这大抵是一个称得上浪漫的片刻吧。

有一回，第二天早上他的公司要集体拍穿正装的公关照，平时只穿运动短裤和背心的他，紧张得像学生时代大考临近。他请她来自己家，翻出一堆衬衫出来，问她穿什么好。她眼光老辣地说："你拿的这件不行，领子软，撸起袖子配牛仔裤穿还凑合，没法打领带的。我来挑吧，你去把挂烫机搬来。"独身男人家里的挂烫机落满了灰，从来都是个摆设，这是头一次被细致使用。她默默低头熨他的衬衫，他显得很不好意思。

一直问她累不累，钻进厨房想给她泡茶，又发现水不热，于是开了火煮了会儿茶，笨手笨脚地端出来，冲她嘻嘻直笑，说："你快过来喝一口。"

他想，这大抵是一个称得上浪漫的片刻吧。

春末夏初的一天，他带她去吃很辣的江西菜，就着冰啤酒，当时甚是爽快，回了家他才察觉胃不舒服，一声不吭地走进卧室休息。她在客厅看着动画片，他就时不时地拖声拖气地喊她的名字。她关了电视，光脚走进卧室，坐在床边。他把耳机分了一只塞进她耳朵里，是久石让的曲子，然后他就开始慢吞吞地用一个星期没刮胡楂的下巴蹭她的脸。

她想，这大抵是一个称得上浪漫的片刻吧。

七月，她和家人出发去巴厘岛休年假之前，跟他去吃了一家香港人开的鲍鱼炖鸡锅。他坐在桌边，一边给她调好蚝油和香菜混合的蘸料，一边满脸焦虑地望着她，然后还贼喊捉贼地反问她："你老是看我干什么？"她不甘示弱地揭穿他的瞎话："你不看我，怎么知道我在看你？"他自知心虚，不接话茬，转而老实地抱怨道："你要去将近十天啊，我会想你的。"她翻了个白眼，喝了一大口碗里的浓汤，安抚他："我们平时不也就一个星期见一两回啊。"他忽然像个斤斤计较的小孩子似的说："可是十天又不是一个星期。"

回去的路上，明明交通难得顺畅，他却故意把车开得很慢很慢，到了她家楼下才蓄谋已久地去吻她，令她有些猝不及防。她的手指在黑暗里碰到他的背，忽然想到，算一算恋爱的日子，也没有太久，但不知不觉间，他和她之间已经积攒了很多很多个称得上浪漫的片刻了。

爱情 \\\\\\

重口味

文 / 鲁小莫

他们是在工作中认识的。第一次见到她，他眼前一亮，忽然间明白，自己苦苦寻觅的女孩，就是她呀！他把心意说给她听，她表面矜持着，心里大笑：见到自己而眼前一亮的男孩，多的是啦！而他，像颗小星星，实在不怎么起眼！

他千方百计打探她的喜好。有一天他忽然发现，她的一种习惯是他无法容忍的。

她喜欢吃榴莲。

她喜欢吃榴莲到了什么程度？可以用吃饭、睡觉、上网、打手机来交换。和她合租的女孩，就是容忍不了她总是带榴莲回来而退租的。

而他对榴莲是深恶痛绝的。记得小时候，母亲第一次带一只榴莲回家，一闻到榴莲那味儿，他的五脏六腑都跳出来抗议。榴莲放在家里，他连饭都吃不下。他觉得那种长得像刺猬一样的水果实在有点儿可怕。

现在，老天给他出了一道难题，他是该进还是该退呢？沉默了两天后，他去市场买回一只榴莲，看它，摸它，闻它，就是不敢打开它。他请心理专家帮忙，让自己"爱"上榴莲。他每天吃一小块榴莲，把它当成药片来吃。经过一段时间的训练，有一天他忽然觉得，榴莲吃在嘴里，真的是糯软香甜啊！

他请朋友们聚餐，当然包括她在内。他打开一只大榴莲，她眼前一亮。那天，他和她对着榴莲大快朵颐。有的朋友捏着鼻子跑远。她很哥们儿地拍着他说："爱榴莲这么久了，第一次找到吃友。"

以后，他们常常以吃榴莲的名义相聚，可也仅仅是相聚。她说："我不会因为榴莲爱上你的。"这话让他心里痛，很痛。痛定思痛，他决定离开这座城市。在家乡，有他们的家族企业，家里一直催促他回去。他是因为她才留下来的。

走的时候，他送给她一只大榴莲，还有一张带榴莲的卡片。他说："以后，这张卡片替我陪伴你。"她笑了，随手将卡片扔了。

他不在的日子，她像往常一样忙碌。只是周末时，一个人对着一只大榴莲，吃得有点儿寂寞。有一回，一位朋友来看她，看着一大堆榴莲皮，忽然说："再也不会有一个人像他那样为你而改变了。"她问："他为我改变了什么？"朋友说："他吃榴莲，是因为你呀！"她笑了，问："他不是跟我一样，天生喜欢吃榴莲吗？"朋友摇摇头，讲了他吃榴莲的过程。她觉得不可思议，问："他以为喜欢吃榴莲，我就会爱上他吗？"朋友想起他的话，原原本本地告诉她："他说是为了以后跟你在一起，拥有一样的口味。"

她又笑了，可笑着笑着忽然停住，心里翻卷出千层浪花。这么多年，追求她的人，送鲜花，送首饰……每个人都很用心，每个人又都个性十足，从来没有人肯为别人而改变自己。只有他，为了区区一个榴莲，花费如此多的心思，忍住削足适履般的不适，只为跟她相处得更和谐。他看似平淡与傻气，却有着一份刻骨铭心的真诚与执着啊！她的心，忽然生出丝丝缕缕的疼痛。

　　她背起包，去了他的家乡。她坐在他面前时，他很意外。她不说话，从包里取出一只榴莲，大吃起来。他也不说话，拿起一瓣榴莲，津津有味地吃。吃着吃着，两人的眼里都流下泪水。他帮她抹眼泪。晶莹的泪花中，他分明闻到了榴莲的浓香。

////// 待我
长发及腰

文 / 范纤纤

这是个初秋。她在水边坐下，绾起的长发如一瀑流泉似的泻在肩头，而那素色发带松松系住的长发辫，像是宣纸上蜿蜒而下的墨迹一般，越发显得惊艳了。

这么多年，她未曾剪过头发，一直到长发及腰。只是无论多长都不肯披散下来，像为了某个固执的理由而蹲守一般，她执意地将满头青丝束起，绾成长长的发辫。没有人会知道，她这般固执地留起长发、扎起发辫，只是为了一个记忆中的少年。

姚卿萱其实一点儿也不喜欢别人动自己的头发，尤其是来拽她的辫子。她上初中时留着一头让人惊羡的长发。乌黑柔滑，像一匹最上等的绸缎。让人看了就忍不住联想起网上流传的那句"待我长发及腰，少年娶我可好"。

让她始料未及的是，这长长的辫子会在初二下学期一下子有了另一种用途。

那时候谢秋荻已经和她同桌快一年了，不知从什么时候开始，他忽然就喜欢拽她的辫子。

一把抓过她的辫子从上捋到下的那种拽法。待姚卿萱带着三分愤怒七分无奈地转过头去，少年便会将一双细长的眼睛挑弯成明月，含了狡黠与调笑的眸光灿如星子，那言笑晏晏的模样在尔后流年暗度的日子里恍惚着成了抹不去的永远。

没人知道"学神大人"谢秋荻是怎么想的。正如许多年后姚卿萱仍然不确定当年谢秋荻来拽她辫子时她是否真的生气过。

四月份的一天，班上一个同学跑来问谢秋荻题目，姚卿萱目睹谢秋荻接过了练习册，神情半是专注半是慵懒地直起身，伸出一只秀气的手来支着那尖削的下巴，突然在众目睽睽之下竟用空着的另一只手拽了拽她的辫子！

没错，就是拽辫子。半拽半抚，像给猫顺毛一般从上捋到下。谢秋荻像是没意识到有什么不妥似的，来来去去，从上到下拽得不亦乐乎。姚卿萱错愕半晌，见他没有停的意思才瞪着一双快要喷火的眼睛，一把拂开谢秋荻的手，条件反射似的扔过去几个字："你有病啊！"那声音，娇俏中含了薄嗔。

被骂的谢秋荻却愣是没听着似的，面容清澈得让人惊讶。旁边问问题的同学早就傻了眼，在那个笔墨、试卷与八卦横飞的年岁里，有某些东西是不需要多言的。

一转眼半年过去了，似乎已熟悉了这样一个会拽自己辫子的同桌。有时候姚卿萱看着晌午的阳光，竟也会蓦地联想到谢秋荻。拽辫子好像忽然就成了个不成文的规矩或标志。谢秋荻固执地将它坚持了半年，未来，一定还会坚持下去——不知怎的带了山盟海誓的意味。

初中最后一年的岁月被无限地拉长，之后的日子变得很简单，频繁的考试，后来填志愿，中考，发成绩单，然后是高中，理所当然不在一个班，虽然在同一所学校，见面次数却也寥寥无几。那些年的光影流连，拽过辫子的过往，像是白日烟花一般寂灭了。待到姚卿萱发现自己早已把心遗失在他身上的时候，一切都已尘埃落定。

日后，过了很多年，姚卿萱独自徘徊在大学校园里。水边柳色烟波，开着一丛一丛的荻花，她在水边坐下，因这荻花，却猛然想起了一个人，一个总喜欢拽她辫子的少年。

记忆中的少年走过了当时年少，走过了韶华白首，是否依旧一副衣不带水、俊眼修眉的模样？如果有一天他说，这么多年，你的辫子还是这么长。她定含泪看着他说，这么多年，我一直等着你来拽。

请先把 \\\\\\
自己升级为女神

文 / 夏苏末

那天，失恋的大龄女青年米卡在五道口逛了一天。

暮色垂垂，米卡独自去韩国餐厅吃烤肉。

吃多了肉喝多了酒，米卡脸上红彤彤的，她站起身，一步迈出，摇摇晃晃，索性随手一抓以便解救即将摔倒的困局。待站稳了身体，米卡才来得及看身边的"扶手"——一只骨节分明的纤长大手，抬头看，对方一副颇玩味的样子。

"不好意思。"米卡感觉脸又热了一下，但也只是一下。

"你还好吗？"对方用生硬的中文表达着关心。

米卡忍住头痛，站起身，轻轻地摆了摆手。

你以为事情就这么结束了吗？

当然不，站起身的米卡，这次一步未迈，就吐了。

男神那一刻还未能成为米卡迷恋的神，他的名字叫Jack。

事后的桥段依然老套，为了赔偿西班牙男人Jack被波及的外套，米卡记下了他的联系电话。

Jack是西班牙企业驻北京的机械工程师，刚到北京没几天，在这座陌生的大都市里，他还没来得及交上朋友。

米卡听了心里窃喜，主动揽下了导游的工作。

Jack很快在北京如鱼得水，能力出众，性格温润，总不乏女生喜欢。

米卡站在一旁，静静地看着围绕在他身边的环肥燕瘦，内心已是波涛汹涌。

这么想着，米卡更自卑了。但凡正常的男人，没有人会喜欢一个灰头土脸、身材壮硕的大龄剩女吧。

改变的决心，从那一刻变得坚定无比。

早晨从一杯温白开开始，它能迅速排解在体内堆积了一晚的垃圾。

长期熬夜，肌肤冒痘，好吧，从现在开始，她每晚22点准时上床休息。

早晨一份薏米红豆粥，晚上一杯纯豆浆，PPT（是微软公司的演示文稿软件）做累了就抬抬头，伸伸胳膊动动腿，减肥又减负。

这些简单的小常识，方法简单，成本低廉，而且纯天然，副作用几乎为零，如果非要说出缺点，那就是很不容易坚持。

米卡就这么一声不吭地坚持了半年，当然，坚持之后得到的成果是卓然的。Jack眼底闪出了热烈的火花。

若你们以为这样就成就了一段有始有终的佳话，那就大错特错了。Jack遗憾地告诉米卡，他的派遣期就要到了，如果不出意外，他会回西班牙。

米卡在电话里告诉我，她在学西班牙语，等达到A2.2的考核标准之后，她会向马德里康普顿斯大学提交入学申请。

显而易见，米卡竟然真的励志了一把。

一个月后，米卡不但坚持了下来，就连经常同她见面的我，都能感觉她的亢奋。

"你就不能有点儿出息？即使你把自己的心肝肺都卖了，他会领情吗？"我如此泼冷水。

她缓缓抬起头来，一手闲适地拢了拢卷发，一字一顿地说："可是，没办法，我喜欢他，我得对得起自己的喜欢。"

我明白过来她轻描淡写背后的艰辛，为了能够漂亮而优雅地出现在男神面前，她做了多少努力。

女神和女神经的区别在于，一个不断完善自己，一个任岁月蹉跎自己。想要得到男神，就请先把自己变成女神。

三个月过去了，米卡还没拿到A2.2，但已升级为女神的她，俨然吸引了男神的爱慕，在她生日那天，男神Jack表白了。

爱上一个人，
入场券比勇气更重要

文 / 多多黛

一个喜欢你的人，才会把爱情入场券塞到你的手里。

– 1 –

张小跳的本名不是叫这个，可当她进入大学的第一天，她告知周围的人，就这么叫她。

所谓人如其名，她是一个活蹦乱跳、特别活泼的女孩。像永远只会以双脚跳代替行走的袋鼠。就因为这蹦跶，有一天让她闯祸了，和室友们准备去学校外面涮火锅，除了她一路倒着蹦跶，室友们都是手拉手。她不小心踩到了一个人，关键那个人拄着拐，脚上缠着绷带，随着室友们的惊呼和一声惨叫，张小跳简直吓呆了，站在那一动不敢动。

"你……"

被踩的男生扔掉了拐杖，坐在地上，额头上疼得直冒汗，一句话也说不出。接着他开始哭。

"你哭什么啊？"张小跳无辜地问。

"太疼了。"男生一边抽搭一边说。

缠在脚上的绷带开始渗血，张小跳慌了，她半蹲着跟男生说："来吧，我背你去医疗室。"

男生估计是疼傻了，他真的开始努力往张小跳的背上爬，而张小跳居然真的背起了他，"噔噔"地往医疗室赶，惊呆了几个室友。

身材不算高大的张小跳，居然这么有爆发力，一米七五的男生，说背走就背走了。

校医给男生又清理了一下伤口，缠上纱布，再三交代一定要注意。男生幽怨地看了张小跳一眼，那意思张小跳明白，可她也不想啊。

男生叫李大白，是中文系的学长。

回去的路上，他跟张小跳抱怨，这是他人生第一次打篮球，就是为了跟喜欢的女生证明自己三分球什么的都不是问题，结果呢，被对方一个球员给踩得骨折了。

什么脚啊，会踩骨折，肯定是有准备的。张小跳分析着，这李大白说了，为了喜欢的女生去逞能的，那么，他盯上的肯定是别人的心上人。

张小跳猜测得不全对，李大白喜欢的女生，是中文系的系花，海藻一样的长发披在肩上，不论什么衣服，她都能穿得风情万种。系花至今无主，于是，引得无数男生为之拜倒。

李大白本来是不打算在大学里恋爱的，但是，寝室里刮起了一阵风，那就是追求系花，谁先成功，就可以享受其他室友免费洗衣服，买饭的伺候。为了这个待遇，李大白才想努力一下，谁能想到，刚一出手，脚就被踩成这样了。

"你这事不简单，我一定要查清楚。"

把李大白送到男生宿舍楼下，张小跳借口查明了真相好联系，要了李大白的手机号码、微信号和QQ号。

– 2 –

张小跳真的开始查四天前的一场篮球赛，被告知踩李大白的是化学系的一个人，一米八的大个子，阳光帅气。

准备了一肚子的话，张小跳差点儿被这帅气打倒。不要以为张小跳无聊，她是看上了李大白这个人，所以才准备去彻查篮球场上"踩伤"事件的。

化学系的帅哥直言不讳，说自己就是为了打击一下李大白，也不看看自己什么料，就敢追陈雪儿。

张小跳挺高兴这帅哥的配合，可他的话，自己就不爱听了。李大白怎么了，他很有料啊，一个不做作的男生多可爱，自己就是喜欢他这副天真模样，所以才对他一见钟情了。

因为脚伤，不是很重要的课，他都逃了。一日三餐张小跳都给他买，随便在男生宿舍楼下，找一个人，说尽好话，让别人带过去。后来，宿管阿姨都看不过去了，说你自己过去送吧，送完就下来。

张小跳千恩万谢地蹦跶着上楼梯了，一不小心，脚下一滑，摔倒了。真的很疼，疼得张小跳突然就想起，第一次见李大白，因为疼他就那么毫不顾忌地哭了起来，心里就像开了花一般甜蜜，她就是喜欢不做作的男生。上高中那会儿，班里有一个男生，每次走路，头要偏向一个方向，看着实在别扭，张小跳找了个机会，狠狠损了他一顿。

李大白对于张小跳的食物，只认定是她雪上加霜又踩了一脚的补偿。张小跳也懒得解释，反正，他没有谈恋爱，自己也单身，不管以什么名义在一起都好。

可当张小跳提出帮李大白洗衣服的时候，他坚决拒绝，说男女授受不亲。张小跳急了，说："你吃了我的饭，早就授受不亲了。"

李大白怎么都不同意，使劲拽着自己的衣服，张小跳是谁啊，她能背着李大白去医疗室，就说明她手下是可以拨弄几十斤的，于是，李大白的一件裤子，在两个人撕扯下破了。

"你追不上系花，我又喜欢你，都是女生，你矫情个什么劲啊？"这是张小跳的告白，让李大白的一口饭来不及下咽，全部呛了出来，室友们那个爆笑啊。

张小跳长得挺好看的，只是，她喜欢穿中性服装，一头短发，看上去像一个假小子，第一眼看到李大白真以为是一个同性，直到她开口说话。

"你的裤子，我赔你，但是，你必须答应我。"

张小跳的倒追告白，一度成为室友们茶余饭后的谈资。没有谈过恋爱，难道没有看过小说和电影，一个女生怎么可以这么勇敢，可张小跳才不在意，谁说系花没有主，她是早在上大学之前，就把自己的心给交付出去了。

失眠的夜晚，张小跳就翻李大白的朋友圈。他给很多杂志和报纸写文章，赚的稿费比一个上班族的工资都要高，这明摆着是一只潜力股啊，自己不出手更待何时。

勇敢的张小跳，她不管在气场上，还是方式上，都感动了李大白，在他脚伤好的那一天，张小跳牵着他的手，在学校绕了好几圈，并且说，自己这是宣示仪式，那就是李大白以后都是张小跳的了。

- 3 -

可张小跳还未来得及享受爱情的甜蜜，李大白就"劈腿"了。

劈腿的对象还是系花陈雪儿，张小跳揽了系里元旦晚会的策划一事，整天忙得根本没时间去见李大白，那天，好不容易抽出时间，结果李大白说他忙。

张小跳就和室友们去涮火锅，结果刚走出校门，就看见李大白提着大包小包，累得满头大汗，再看他身边呢，正是系花，脚步轻盈，一走三回头地问李大白"累不累"，再看李大白呢，一副拿了钱帮人办事的殷勤劲，把头摇得跟拨浪鼓似的说"不累不累"。

张小跳这暴脾气，绝对不允许他们进了校门，各自散了，再去跟李大白索要解释的。她一蹦跶，拦住了李大白的去路，指着他的脑门儿问："跟你说了，和我在一起，一定要恪守夫道，你这是怎么一回事？"

李大白刚想开口，陈雪儿走过来，朱唇微启，微笑着。这样的女孩，张小跳都觉得好看，何况是男生呢？

"我和李大白说话，没有你什么事。"张小跳指着远处，那意思就是让陈雪儿先走。

李大白急得脸都白了，站在陈雪儿的面前，大有一副"你有什么就冲我来的架势"，张小跳二话不说，手一甩在李大白脸上就是一巴掌。

陈雪儿尖叫了一声，李大白就倒了。

张小跳又把他背到了校医疗室，校医看到她，笑着说："你一个女孩，还真的挺有力气。"

校医说，李大白是低血糖，输两瓶葡萄糖就没有问题了。

不知道什么时候，李大白醒了，他苍白着脸跟校医摆摆手说："我不输液，我回去吃点儿好的就行。"

可刚走一步，脚下跟踩棉花似的，又倒在张小跳的身上。

"你好好照顾我哥，他是为了你，把生活费省下来，给你买衣服，才弄成这样的。"陈雪儿说完就走了。

什么情况啊？李大白是陈雪儿的哥，难道是那种干哥哥什么的？

扒拉着李大白手里的袋子，里面的衣服果然都是张小跳喜欢的风格，这是什么情况啊？

据李大白说，陈雪儿的确是他妹，不过，从小就过继给了姑姑。两个人在同一所学校，作为哥哥，好歹要照顾一下妹妹，可就被那些追求陈雪儿的人误会了。

"你为什么要撒谎？"记得第一次见面，自己各种推测，李大白并没有说出实情啊。

"你不觉得跟一个能背得起自己的女孩子在一起，是一件很有安全感的事吗？"李大白坏笑着，从小他体质就不好，爸妈就说，一个男孩这么体弱怎么办，李大白常开玩笑说："我要找一个力气比我大的女朋友。"

自从跟李大白告白成功，张小跳一直都引以为豪，而事到如今，张小跳才明白，不是她足够勇敢才赢得了爱情，而是，一个喜欢你的人，才会把爱情入场券塞到你的手里，你勇敢也罢，你退缩也罢，他都会拉你上爱情这条船，随你怎么折腾，只是他对你的宠爱。

////// 我不想你，
只是很想当年那样爱你的我

文 / 张躲躲

　　很多人觉得我是永恒的十七岁少女心。其实我的十七岁一点儿都不少女，内心强大如莽汉，外表潇洒如帅哥，而且疯狂地倒追校草。

　　那时我们同在省重点，念着同样的年级。他除去英语弱一点儿，其他科目成绩和我不相上下；他人缘极好，男生都喜欢跟他约踢球约吃饭，女生都喜欢围着他问各种天文地理的稀奇古怪的问题；他是很传统的浓眉大眼高鼻梁，偶尔戴眼镜也遮不住他的双眼皮；高一入学军训时他是标兵，穿军装的样子比军队里来的教官还要帅。

　　那时的我呢，有着不错的成绩，有着不错的性格，也有着不错的身高和不错的青春期婴儿肥。你知不知道，这样的女生其实特别悲催，她们往往会有着不错的朋友圈子，而这些圈子里的男性通常会把她们当"哥们儿"而不是交往对象，更谈不上暗恋的女神。

　　那时不流行"女爷们"，也没有"女汉子"，一个女孩被唤作"阳刚"，如果还有廉耻之心的话，应该一哭二闹三上吊一下以呵护自己玻璃一样的少女心吧。但是我没有，我乐呵呵地接受了，还在人家大声呼唤的时候脆生生地应答。

十六七岁的男孩子喜欢的女生肯定千差万别，但是我清楚地知道，我喜欢的人，他不喜欢我……

你不喜欢我，没关系，只要我喜欢你就好了。谁让他笑得那么好看呢？阳光穿透梧桐树的叶子，细小的光斑跳在他的脸上，他的大眼笑成一条缝，我这一生都忘不掉。

我没暗恋，我表白了。

具体细节不多讲，反正我顺理成章地被拒绝了，好在我心胸宽广，继续跟人家做"哥们儿"，在食堂打饭的时候故意插队到他前面，全校大扫除的时候故意挤到他跟前让他帮我洗拖把，考试前找不到2B铅笔填写答题卡一定要跑到他们班去"借"。写了新小说第一时间拿给他看，揪着他的耳朵让他说"好"……直到高考的最后一天，我还用他的饭卡给自己买了碗冰粥喝。

死缠烂打，软磨硬泡，死不要脸，却满心都是幸福。

十六七岁的年纪，谁都不敢说"爱"，偷摸说句"喜欢"已经是不得了的大事。现在回想起那段岁月，反倒觉得那是"真爱"。

那样的感情，没有斤斤计较，没有患得患失，太急着把自己奉献出去。

也许他会感动，也许仍旧拒绝，甚至会吓到或是惊恐。但是我就那样执拗坦荡，无怨无悔。

高三那年，我家出了事，我整个人都灰头土脸，飞扬跋扈的精神不在，每天没精打采像条死狗。校园广播站又按照惯例开了《点歌台》。恍惚间听到主持人在念我的名字，说祝我生日快乐。

世界好像一下子安静了，正喧嚣的校园一下子凝固了，其他声音都被我自动屏蔽，耳朵里只剩下某某某为我点播的歌曲。借着播音员的声音，某某某对我说："别怕，有我在，生日快乐。"

他为我点的是《同桌的你》，老狼的。"你从前总是很小心，问我借半块橡皮。你也曾无意中说起，喜欢和我在一起……"

他送我的生日礼物是一盘磁带，就是《同桌的你》。

其实那时候大家已经很少听磁带了，CD（光盘，激光唱片）已经成为炫耀的配饰。但是我视那盘磁带如珍宝，把随身听放在枕头边上，每天临睡前都要听几遍。终于有一天半夜，我的随身听不争气地坏了，把磁带搅出来老长。我拿根铅笔很努力很努力地想把磁带绕回去，可是不知道怎么搞的，带子拧个儿了，再也回不去，不能听了。

窗外凌晨三点的月亮跟大冰盘似的，一盘子清冷光辉都洒在我身上。我一边绕磁带一边哭。

后来我们天各一方，到了不同的城市，读不同的学校和专业，各自谈着恋爱，大方地调侃对方的失恋。

我落井下石地打击他："谁让你当年不接受我的一番盛情，活该被人甩！"他发挥腹黑毒舌优势："谁让你当时那么胖，还顶着一个难听的绰号，不以为耻反以为荣。"我气得想摔电脑，终究只是诅咒："你肯定比我晚结婚，哼！"他的QQ很长时间保持输入状态，最后回了一句："当然啦，你长到20岁就可以结婚，我还得熬到22岁。"不知道怎么的，鼻子就有点儿酸，眼里泛泪花，再没回复他。我当然很快就会到20岁，但是20岁的时候我已经知道曾经特别想嫁发誓这辈子就要嫁他如果不嫁我就出家的那个人，永远嫁不成了。

再后来，他回到故乡，三十而立，成家立业，水到渠成。我漂泊异乡，劫数多多，却也幸运地否极泰来。更解气的是，我终究比他先结婚。

消息是在同学那里辗转听说的，我们没有再联络过。几次高中同学聚会，我都因故没到。

同学说，他现在事业挺好家庭挺好一切都好，我哼哼："他当然要好好地活着，这样才可以看到我事业很好家庭很好身材很好一切都好，哼哼。"同学打趣："你还真记仇啊！恨人家当年拒绝你。"我睥睨："如果这算是'仇'，我当然要记啊，我最好的年华都给了他，最无耻的爱恋都给了他，如果他没有变成绩优股岂不是说明我当年很没眼光？他这样好，完全是因为有我的感情浇灌！"

只是没有人知道，那盘永远不能再听的拧了麻花的磁带，深深藏在我的秘密抽屉里，成为我此生最贵重的礼物。记得看过一句话，爱情这东西，要么别想，要么别放。十几岁死缠烂打，二十几岁两眼泪花，三十几岁终于可以放下。我不想你，我只是很想当年那样爱你的我。

顾迟，
再顾已迟

文 /Iam 严寒

　　这个世界上，总有人不相信一见钟情，而它的确是存在的。

　　第一次见顾迟是在夜晚的体育场，我都忘了自己是因什么心情低落而抽风般地跑了五圈。只记得在我要离开的时候，耳机里的《晴天》刚好结束，可是歌曲还在继续，声音很温柔。我只来得及回头看一眼那个唱《晴天》的人，他就从我身边过去了。第二次见面是在超市门前，他看见了我。我不知道是因为记得我还是因为我看他的眼神太直勾勾，总之他看见了我，他的脸上还挂着一丝意味深长的笑。

　　目光相遇的那一刻，我好像突然听见了清晨走动的时钟，心跳紧接着漏了一拍。他依旧穿着白色运动衫，侧脸特别好看。天知道我本来是要上去搭讪的。我不是个外向的人，但对喜欢的人可以做到极其不要脸。我拦在他面前，没讲出一句话。下一秒，我夺过了他手中的紫皮糖撒腿就跑，那刚好是我喜欢的糖。他果然三两步追了上来，没有被我耍到的样子，也不生气，问道："你要做什么？"我把糖藏到身后，要他拿联系方式来换。"不如把你的联系方式给我，你喜欢吃的话糖就送你了。"我真的没想到最后愣愣地回宿舍的人是我。

这场爱情来得顺其自然又莫名其妙。在那之后，居然是他开启了撩我的历程。

下雨天的图书馆，我们在窗边一起戴着耳机听歌，播到周杰伦的《最长的电影》，顾迟问我是不是也喜欢周杰伦，我说喜欢。还没来得及说我喜欢到听遍了他每一首歌，他就盯着我，像在期待着什么："比喜欢我还喜欢吗？"

我很意外他会这么问。我们聊过很多，谈过我们的初见，我也间接表白过好多次，却没有深入探讨过这个话题。我以为，他只是当我在玩。这一次，顾迟却是认真的。

"和我在一起吧。"我喜欢你，像风走了八千里，不问归期。莫名想到这句话，很符合我当时被雷击中般的感受，傻傻地点了头。

开始总是分分钟都妙不可言。和他在一起的感觉很奇妙，好像奶茶上的奶盖变得更甜，黄焖鸡有了火锅的味道。还记得街边我们常去的那家叫"夜宵"的店，没有烧烤配啤酒，但是有温柔的清粥和爆汁的生煎包，荞麦面条的香气从四面八方涌入肺腑。偶尔困意袭来，我靠在他肩上，听他说话，闭上眼睛想要时间停下来。那时候的我拥有全天下最大的幸福。

可你知道吗？顾迟是那么优秀的一个人。他是晚会永远的主持人，是校乐队的吉他手和主唱，是穿上跆拳道服可以一脚踢上天的人。偏偏就是这样一个人，倒霉地被我抢了糖，还牵起了我的手。一般人听到都会说你多幸运，找了个这么好的男朋友。而我是个怪人，我有着一种可怕又难以理解的自尊心，我后来甚至觉得，和我在一起对他是一种浪费。我决定分手，怎么劝都不行。他对我用尽了一个男生能用的所有温柔，都被我原路打回。

顾迟被保送出国，他走之前找过我："只要你肯回心转意，我就不走。"他给过我好多台阶，我卡在了其中一级，永远也下不来。就连他走，我都没有去送他。

回想起来，不过是年少轻狂，容不得一点儿不完美。

从前从前，有个人爱你很久。

顾迟，再顾已迟。

不久前的晚上，我在那家夜宵店碰见了他。我的耳机里依旧在放《晴天》，面色平静，未发一语。

我突然想到拜伦的那首诗：

假若他日相逢，

我将何以贺你？

以眼泪，以沉默。

以一首《晴天》。

他是 \\\\\\\
你喜欢的那个人

文 / 张皓宸

白开水小姐和可乐先生是七夕认识的。在某交友网站"一日情侣"的活动页面上，可乐先生传了自己穿白衬衣侧脸对着鹿角的文艺照，白开水小姐的则是穿着嫩色衬衫的自拍。双方碰巧正中对方下怀，可一见面立刻见光死。她无法想象照片里那个清新少年会穿着一身豹纹外加一双捆着巨大泰迪熊脑袋的鞋，当然他也无法忍受对面这个满身碎花的素颜路人。

两人别扭地互看对方一分钟，彼此都在琢磨如何开口说"再见，好走不送"。等到第十七对情侣从他们身边经过后，可乐先生突然开口了："来都来了，别输给他们。"但他们全程没说什么话，一直玩手机，两杯咖啡见底，一日情侣解散。

这事没过多久，白开水小姐和可乐先生竟成了室友。

事情是这样的，七夕后某天，她在上班路上突遭围堵，几个年轻人追着喊她"碎花姑娘"求合影，到了公司也惹来众人侧目。她在同事提醒下打开微博，彻底惊呆了，自己涨了几万粉丝。点开"最萌情侣走红"的话题标签，再次受惊吓，因为她看见一张被疯狂转发的照片上，穿着一身碎花的自己正深情地望着比她高两头的豹纹可乐先生。

他们被偷拍了，重点是这么看来，真的很萌。白开水小姐昏了头，理智告诉她应该发微博澄清，但她选择性失明，默认了一切。现在，所有人都在看她的可乐先生什么时候出现。刚好，他房子到期，交不出房租，于是她硬着头皮订下协议，以打折价让他搬到自己家来。两个人成为室友后，插曲唱得更加欢喜洒脱。可乐先生见不得家里一丝一毫的凌乱，还把她满屋的少女摆件挪到一边，把自己的简易沙发床和茶几放到另一边，声称交了房租自己就有客厅一半的使用权；晚上她在房间看书的时候，隔壁就放起欧美金曲；点开香薰灯准备睡觉时，厨房却飘来他做夜宵的油烟味儿。

两人开着争吵模式相处，但总因为要随时在微博更新合影，出门要演情侣而不得不重归于好。

于是他们的一日情侣变成了两个月、三个月，甚至更长。有那么几次，白开水小姐回家看着静悄悄的屋子竟然有些想他，但马上又自行了断这个疯狂的念头。

有一次可乐先生喝醉了，给白开水小姐打电话让她去接他。她第一次挤在三里屯最热闹的酒吧里，被光线刺疼了眼睛，尽管忍受不了空气中的酒精味儿，但还是把瘫倒的可乐先生拽了出来。周六的街道挤满了出租车，却没有一辆能载他们回去，白开水小姐就这么吃力地扛着他，蹒跚地向前走。可乐先生满嘴胡话："刚刚打你电话，一个女人接的，她连说了好几个打错了，那时候，我突然害怕你有一天也会这么跟我说：'打错了，再见。'我知道你一定会出现，带我回家，是吧？"是的。于是在这晚之后，就像很多故事的结局一样，他们好上了。没有电光石火，没有山高水长，只是自然而然地发生了。就像某个人停在自动售货机前，按下了一瓶可乐和矿泉水，咕咚咕咚喝下它们，最后糖分和白水融归一处。

你为未来对象设下许多标准，但最后与你牵手的往往是标准之外的那个。遇见他时，那些长相、体重、有没有身骑白马、是不是才高八斗都不重要了。因为，他不是你喜欢的那种人，却是你喜欢的那个人。

////// **长达**

一分钟的初恋

文／朱国勇

十七岁，花娇水嫩，一个年轻得让人怦然心动的岁月。

她，白净秀美，常穿着清澈如水的校服，笑的时候很是腼腆，让你觉得，有一朵白云从山头悠悠飞过。可是现在，她脸色如纸，躺在冰冷的病房，即将永远地告别这个美好的世界。一朵娇美的花，还没来得及开放，就已经凋零。

弥留之际，她双目直直地盯着病房门口，急促地喘息，喉咙嚅动着，只能发出模糊的声音。那眼睛里，分明透着一分期盼。医生说，她可能有心愿未了，或者是想见什么人，想想，有谁没来看她？

妈妈流着泪水回答："都来了，该来的，都来了。"爸爸说："一定是想她小姑了，小姑最疼她。"爷爷奶奶外公外婆小叔小婶，满满一屋的亲人，心痛而怜惜地看着她那张娇小的脸。

十多分钟后，小姑来了，一把搂住她，还没张嘴，已是泪流满面。没想到，她的喘息更加急促，挣扎着，似乎想抬头。原来，小姑挡住了她的视线。

妈妈伏在她的床头，泪如雨下："孩子，你想要什么啊？"就在大家束手无策之时，她的弟弟来了，手里拉着一个怯怯的单薄男生。男生走到病床前，很局促地握住她的手。阳光透过窗户照进来，温暖地映着他们青春的脸，纯美而羞涩。她的眼中掠过一丝欣慰，终于阖上了双眼，嘴角扬着一丝微笑。

这个男生，是她的同桌。他们并没有早恋，甚至连过密的交往都没有。最亲密的一次，一帮男生女生去少年宫，他骑着单车带她。为了防止摔下来，一路上，她紧紧地抓着底座，他的腰，她看了几下，没敢碰。可是，情感一片空白的她，弥留之际，他，成了她最深的牵挂。她选择了他，来弥补未及绚烂的爱情缺憾。

"明天你是否会想起，昨天你写的日记……"多年之后，每当老狼的歌声响起，这个历经风雨已经结婚生子的昔日单薄男生，依然，有想流泪的冲动。

今世今生，她，成了他抹不去放不下的追忆和感动。他说，她是他的初恋。因为，在那恍如隔世的青春岁月里，他曾是她最放不下的深深牵挂；因为，在那长达一分钟的盈盈一握中，两颗年轻的心，曾那么柔美含羞地轻轻荡漾。

第四章

人生苦短，甜长

　　赶不上的公交车，永远做不完的工作，突如其来的暴雨，好像这些都足以让你沮丧，但是只要见到你，这一切又显得没那么糟糕了。是的，因为你，人生苦短，甜长。

////// 在所有景色里，

我最喜欢你

文 / 大牙秦

- 1 -

大学快毕业时，班里的同学一起吃了顿饭。

班长站起来，鼓动着大家碰了杯，然后开启了新的话题。

记得当初为什么选择Z大吗？

有人吵吵着说，父母不让出省，而Z大是省内最好的大学。有人快快不快地回答，因为没考到心仪的学校就胡乱地选了一个还凑合的Z大。有个小个子女生红着脸站起来说，因为是和喜欢的人的约定……

到了宋央，她歪着头，笑了，她说，因为喜欢啊。

- 2 -

喜欢什么呢？

宋央也曾经问过自己这个问题。

能喜欢什么啊？这里距离自己的家要十几个小时火车的车程，要好的朋友、同学都留在离家很近的学校，她大一刚来的时候，还因为水土不服上吐下泻了几天，几乎将胆汁都给吐尽了。

难得出去逛一逛，从公交车下来，就发现包包被划了很长的口子，钱包身份证银行卡手机全都被偷光光。

被盗得一干二净的宋央站在深秋的街头，借了好心女生的手机，拨打了她唯一知道的号码。乔枫赶来时，宋央已经擦掉所有脆弱的眼泪。

她跟在乔枫后面，看着乔枫帅气的后脑勺，却始终不敢靠太近，到了红绿灯路口，乔枫回头看她，招呼她走快一些，然后开口同她讲话。

"你也在这里念大学啊？都三个月了，怎么不早些联系我？我还以为我们同乡的只有我一个人。"

宋央点头，微笑，摇头，这一连串的动作便是对他的回应了。

忽然，乔枫又开口："话说，你为什么千里迢迢来这里念书啊？"

"因为喜欢。"

乔枫耸耸肩笑笑："喜欢什么啊？"

她盯上了乔枫的眼睛，微微扬起了嘴角："就是喜欢啊。"单单因为这里有一个你，无可比拟。

– 3 –

那时候，乔枫跟网恋两年的女朋友分手，理由是性格不合。

那个比乔枫大两岁的女生，宋央见过，在人群里，她挎着乔枫的胳膊，眼角明媚了整个秋天。

宋央静静地站在人群对面，看着他们越走越远，然后也笑了。

后来，乔枫跟那个女生分手，宋央也是知道的。

夜里，她习惯性翻他的动态，发现他的个性签名改了。

高考填志愿期间他换了签名：有缘千里来相会。现如今变作了，我就是个臭傻子。

宋央想，他哪能是臭傻子呢？明明是个香饽饽啊，她挤破头都到不了他跟前。

- 4 -

宋央长得也不错，虽然没谈过恋爱，但好歹也是被人一路追到大的，她战战兢兢，如履薄冰地过了十七年，都没让谁追到，到了最紧张的高三，忽然掉了链子。

因为学校的元旦晚会，有个人唱了一首歌，好听且不说，最重要的是，那个人唱了歌之后，还带了个飞吻。

宋央坐在中间，觉得那个飞吻落在了自己的脸颊，虎躯一震，自知"晚节不保"。

她平日话并不多，那日也巴巴地找唱歌的男生讲话，结结巴巴地告诉他，自己叫宋央，高三（7）班，学习挺不错。

- 5 -

毕业的时候，乔枫约她最后吃一顿饭，两个人吃得都很饱，肚子鼓鼓的，然后轧马路。乔枫说起，这四年里，他最喜欢的就是这条马路，车少，灰尘也少。末了，又转头问宋央："你呢？"

宋央没回答，乔枫也没深究，两个人就这样走啊走。

过了一会儿，她先开口："乔枫。你唱歌真好听。"

"啊？"

"真可惜你是个香饽饽。"

她说着说着就笑起来了。

乔枫打趣说："你一直是谜一样的女子。"她听了哈哈大笑，笑了一会儿，又问乔枫："找好工作了？留在Z市？"乔枫说："是，不走了，就这样，想定下来了，生活和感情都是。"宋央点点头："这四年，谢谢你啊。"乔枫问："谢什么？"

她说："谢谢你请我吃饭。"他点点头，略微想了一下："确实请你吃了不少饭。"

她又说："谢谢你请我吃饭，我很开心，这四年来都是。"宋央又说："除了吃饭，还有陪我一起坐火车，一起去游乐场，一起去图书馆占座。"

乔枫说："这么伤感干啥？"

宋央说："哭离别啊。"宋央说着，眼泪果真掉下来。乔枫手忙脚乱："你怎么说哭就哭啊？"

宋央说："因为离别来得太突然啊，我走了，今晚就走，想去哪去哪，不会回Z市了，你得再唱首歌给我听。"

乔枫问："唱什么？"

宋央说："唱我最喜欢的那首歌，唱我最喜欢的那句歌词。"

"那是什么？"

"在所有人事已非的景色里，我最喜欢你。在所有不被想起的快乐里，我最喜欢你。"

"我还没唱呢，你上哪儿？"

"我最喜欢你，我最喜欢你！"

宋央一边跑一边哭，一边哭一边叫，声音大得像是在骂街。

- 6 -

谁还没有一个喜欢的人呢？把他仔仔细细滴水不漏地藏在心事里，藏在晦涩的歌词里，藏在一同吃过的饭里，藏在那十几个小时颠簸的归乡路程里。我说离别要哭，你却不懂哭什么。只是因为啊，你说的离别还会再见，而我说的离别是即便再见，我也不会再要你唱歌给我听，不会再问你会不会降龙十八掌，不会再……再……喜欢你。

////// 匿名

寄出桂花糕

文 / 猪小浅

那是兵荒马乱的高三。

我和其他大多数人一样，整天顶着黑眼圈，埋头于题海。

有天课间，我正被一道数学题弄得心烦意乱，却突然听到同桌说，周延下个礼拜要去美国。

她说这句话的时候，像说明天要月考一样平常，我却趴在桌上，难以抑制地哭了起来。

周延并非多耀眼的男生，只不过他在我的眼里，一切都刚刚好。从眉毛到鼻眼，从发型到身高，全好看得恰到好处，也可爱得恰到好处。少一分乏味，多一分腻味。

不过很可惜，我和周延来自不同的世界。

周延家境殷实，父母都是高知，他从小看到的世界就比我的广阔。这些，让我在他面前自惭形秽，只能将那份喜欢藏在心底。即便同班两年，我和周延也几乎没有过任何交流。

闺蜜安慰我说，没关系，你可以像《初恋这件小事》里的小水那样，在接下来的日子里奋发图强，努力让自己变得更好，然后在最好的时光和周延重逢。

闺蜜却忘了，生活不是电影。

很多的久别重逢，都不过是物是人非。所以，即便闺蜜将未来说成了一朵花，我还是难过了很长一段时间，缓不过神来。

周延去了美国后，有一天，我看到他在班上的QQ群里说，好怀念小城桂花糕的味道。

有同学打趣他说：活该，谁让你非要漂洋过海？周延也不恼，在群里留了个地址，附上一句话和一个可爱的表情：改天谁有空，给我寄块桂花糕呗。

我毫不犹豫地拿起纸笔，在草稿纸上，记下了那个地址。

当时的我只有一个念头：无论如何，要让周延吃上桂花糕，缓解他的乡愁。

为了不被家里人怀疑，我只好去找旁人打听。弄明白费用及流程后，我有些沮丧。因为要想给周延寄桂花糕，我至少得攒够四百块钱。

四百块钱对那时的我来说，是个巨大的数字。除了父母给的零花钱，我还偷偷帮校外那家文具店拉生意。去邮局那天，犹豫了很久很久，我还是没有用自己的真实姓名。

不久，终于看到周延在群里说：哈哈，没想到，真有人给我寄桂花糕呢，只是某某是谁？我们班好像没这个人吧？

这话刚说完，马上有人起哄说：肯定是暗恋你的呗。

一群人七嘴八舌议论开来。

后来，周延说：虽然不知道你是谁，但还是非常谢谢你。

很多年后，我和周延终于在聚会上重逢。即便我很努力，也还是没有优秀到足够和他相配。有些东西，与生俱来，并不是努力就能改变其中的格局。就像有些距离，永远难以逾越。

所以，我和周延之间永远隔着时差，他的白天是我的黑夜。

自始至终，周延都不知道，我就是那个花三百块钱，给他寄一百块钱桂花糕的，傻傻暗恋他的女孩。我在他的记忆里，只不过是旧时光里一个平凡的女同学，仅此而已。

有人在歌词里写：暗恋是一种礼貌，暗地里盖一座城堡。当你喜欢的那个人，你永远不可能靠近的时候，不如就将那份小小的喜欢，打包封存，藏在旧时光里。对你喜欢的那个人来说，这是一种礼貌。

不打扰，是我们最初的温柔。

你是 \\\\\\\
我心里的一壶酒

文／陈若鱼

很久以前，我在文章里写过一句话：世间最美好的一刻，莫过于告白之前。

从发现自己倾慕一个人，到把他放在心里酿成一壶美酒，而告白就像经年等待之后终于打开酒壶的一刹那，欢喜且悸动。

W同我告白的时候，是春天里一个有月亮的晚上。我们一起在环岛路的海边散步，他忽然跟我告白。

其实我并不意外，仿佛早已知道他会在这里表白，因为我们第一次遇见就是在这里。那之后我们留下联系方式，似乎一点儿也不像个陌生人，整日有说不完的话。

我知道我们会恋爱，但是在未说出"我愿意"的时候，仍有一种难以名状的紧张感。仿佛是在确定了恋爱关系之后，一切才算理所当然。那时候W还在念大学，但他每周都会来找我。我们和天底下其他情侣并无两样：看电影，吃饭，短期旅行。

那时我还不是自由撰稿人，但我的梦想就是一直写作，W很支持我。我曾问他支不支持我写作，毕竟在很多人看来，写作没什么前途，他直接说："没事，我养你。"我笑得如三月春风。

他知道我喜欢花，记忆犹新的是3月里，岱仙山的油桐花开了，他开了20多公里山路带我去看花。我们牵着手从第一棵油桐树走到最后一棵，地上落满了花瓣，让我有一种走红地毯的怦然心动。

平日里也会吵架，但总是他先服软。我每次回家，他总是会去机场送我，每次归来也会早早等在机场。

刚开始流行抢红包的时候，他还特意给我俩建了一个群，名称叫作"给你发红包专用群"。我一不开心，他就会发个红包，而我总是手贱忍不住点开。

"你拿了我的红包，不能生气了哦！"

我吐出一口老血，终于明白建这个群不是为了给我发红包，而是别有用心。可是我还是一次又一次地"上当"。

W很高，而我很娇小，我们总是被朋友戏称为"最萌身高差"。因为W总是要低头跟我说话，以至于现在他已经严重高低肩了。

有一次，W一脸哀愁地说，这段感情对他很不公平。我问为什么，他说，每次都要俯身吻我，能不能换我主动一次。我朝他翻个大大的白眼，明明知道……我够不着！

他目的得逞一般仰头大笑，我看着他的下巴，无奈地跺脚。

W和许多男生一样不会拍照。我本来就不高，他俯身拍，显得我更矮，为此我们争执过好多次。经过我漫长的指导，现在他终于会趴在地上帮我拍出大长腿了。

有时候，我们一起躺着看电视，我会突然跷着腿尖叫："你快看！我们俩的腿好像差不多长欸。"

W认真看了一眼我的腿，然后转头继续看电视去了……

恋爱四年多，我几乎没有问过W"爱不爱我"这类的话，他也没有问过我。爱就是这样，许多话都不用说出口，就像我从来不问W爱不爱我，一个人如果爱你，那你绝对能够感受到。

从前，我一直坚信在恋爱之后就不会再有悸动的感觉，因为两个人牵手和拥抱都太熟悉，可是在和W交往四年多之后，我忽然发现，只要有爱就有悸动。哪怕年深月久，哪怕地老天荒。

如今，W还是我心里的那壶酒，并没有因为岁月的消磨而变淡，反而日渐浓烈。

比如，一起看综艺节目的时候，W突然冒出一句，我最喜欢看你笑了；

比如，一起散步的时候，他叫我一声，嗨，小短腿快走；

比如，深夜下起雨的时候，他会悄悄起来关窗；

比如，分开一两天，问他在做什么，他立刻回一句，在想你呀；

比如，四年零八个月，我们从未间断过的"晚安"。

////// 你不说，
他怎知你爱他

文 / 李尚龙

电影《同桌的你》里面有一个片段特别让我感动：林一第一次跟周小栀表白，周小栀说，如果你能和我考上一所大学，我就做你女朋友。第二次表白，周小栀说，如果你拿到军训标兵，我就跟你在一起。第三次，周小栀说，如果你通过四级，我就确定我们的感情。当感情确定后，周小栀却每天只有五分钟叫林一哥哥，但如果林一表现好的话，就增加一些时间，表现差的话，就减少一些时间。

周小栀说："如果多给你一些时间，你就不珍惜了。"林一却说："你干吗老在意这些规矩啊？"

我想起了几年前的一个朋友云，她和男朋友是一所学校的，见面花不了五分钟，这让异地恋的我特别羡慕。有次我跟云说，你们真幸福，想见就见了。云说："不，我规定了，每周只和他见三次。"我说："为什么啊？她说，如果见多了，他就不珍惜这份感情了。"

当天晚上，我和她男朋友一起吃饭，他跟我说："我女朋友真是神经，每周只让我见三面，你说，她是不是不爱我了？"

我明白了，为了维持感情，男女用的方法不一样。

很多分手的原因，都是互相没有把话讲明白。男的以为女的不愿意见到自己，而女的怕见得频繁感情降温。双方都想维持住这段感情，但却觉得有些话没必要讲，感情也就逐渐淡了。

两年后，云和男友分道扬镳，再也没有交集，见面形同陌路。

朋友L是一个性格火热的人，找了一个不爱说话的Q，Q第二年要出国。虽然他们没说，但似乎都约定着毕业季就是分手季。但L不想分手，于是，他忽然做了一个很大胆的决定——陪她一起出国。他说服了爸妈，边兼职边学习，学了一个月后，他忽然告诉我，他不想出国了。我说为什么，他说，她放手了。

那天他喝得酩酊大醉，酒吧里歌手唱到《老男孩》时，他忽然哭了："为什么就不愿意等我一下？我快申请成功了。"

我问："你们多久没有聊心里话了？"他说："很久了。"

我说："所以，她根本不知道你在准备托福这件事情吧。"他说："对。"

我沉默了很久，看着天上的星星，很久没有说话。

青春期的恋爱，过多地被童话故事包围，认为两个人不用交流就能互相理解。大家过多地相信缘分，而忘记了语言的重要。

都以为，我们既然是男女朋友，所以我的一个眼神你就应该知道是什么意思，却不知道，就算是亲生父母和子女，也需要很多交流，何况曾经素昧平生的两人。

影片的最后，林一和周小栀还是没有在一起，他们直到周小栀结婚那年才说明白了所有的话，说清楚了那年懵懵懂懂就提出分手的原因。周小栀说："林一，我们败给了现实。"

可我知道，两个人没有败给现实，而是败给了交流。

珍惜恋人的最好方式其实就是交流，把心打开，让对方明白，这颗心，依然留着对方的爱。让他知道，我做的一切只是为了更爱你，让她明白，我没有放弃，并依然在为两个人的感情努力，让你们都懂得，我们只要手牵着手，就没有过不去的火焰山，就没有战胜不了的现实。

有种暗恋 \\\\\\
叫作好哥们儿

文 / 流浪于江湖

– 1 –

第一次布置新生见面会场，我正在把气球贴在墙上，由于我个子比较矮，身高只有156厘米，但我又想把气球贴得高一些，于是我就站在小凳子上贴。耳旁传来一个声音："你还是下来吧，我帮你贴，看着挺危险的。"看到眼前一个高个子，比我站在小凳子上还高，他应该超过180厘米。我想了想说："那好吧，你比较高。"

他接过气球认真地贴了起来，我45°仰望着他的侧脸，简直是太帅了，那一刻我的心是怦怦直跳的，我知道自己完了，该不会就这样喜欢上一个人了吧？太离谱了。

还没等我回过神来，他就贴好了。我说了声谢谢。

他说："不用客气，以后我们就是同学了，还要朝夕相处四年呢！"

我说："还不知道你叫什么名字呢？"

他说："陈浩南，你呢？"

我忍不住大笑起来："哈哈哈……你叫陈浩南，我还叫细细粒呢！"

他说："很少有女生喜欢看《古惑仔》的，你真特别，我喜欢像你这般豪爽的女孩。"

那句"你真特别，我喜欢像你这般豪爽的女孩"，就这样说进了我的心里，从此生根发芽。

往后的日子，他成了我的浩南哥，我成了他的细细粒，他从来没有叫过我周佳灿，一次都没有。

- 2 -

浩南哥喜欢打篮球，我也喜欢打篮球，是真心喜欢那种。

周末的时候，我经常屁颠屁颠地跟在浩南哥后面，让他教我打篮球，除了想学打篮球外，主要是想待在他身边，只要能看见他，我的心都是乐的。

实验课的时候，我总是和他一组，大学四年的实验课都是和他一起。他是学霸，成绩好，动手能力也强，我就一个学渣，每次都是他一个人把实验做出来的，我就在旁边记录一下数据而已，但我帮他抄了四年的实验报告，这是我心甘情愿帮他抄的。

记得大一的时候，桂林的夏天还是挺热的，我对浩南哥说，我想买台风扇，可是，在学校没找到喜欢的。后来浩南哥居然逃了两节毛概课去市区帮我买了台风扇，天蓝色的，是我喜欢的颜色，而且，转动的时候没有声音，我非常喜欢，也非常感动，那是浩南哥第一次买给我的东西，我格外珍惜。

大二第一个学期，浩南哥约我吃饭，说要介绍一个人给我认识。我如往常一样早早到食堂门口等他，但这次我看到的不只是浩南哥，还有浩南哥身旁的她。她一头飘逸的长发，脸蛋有点儿像高圆圆，不是时下流行的瓜子脸，175厘米左右的身高，她真的好漂亮。看到她的那一刻，我就知道自己彻底没有希望了，也只有她才配得上浩南哥，也只有她才值得浩南哥痴迷。

浩南哥说，这是我好哥们儿，叫周佳灿。那是浩南哥第一次叫我周佳灿，我以为他一辈子都不会喊我的名字，当他那一声"周佳灿"脱口而出的时候，我的心彻底凉了。我多么希望永远只当你的细细粒，可也许不再可能了。

吃完饭后，我们在食堂门口分开，看着他们的背影慢慢地消失在夜色中，我的泪水涌满了眼眶，趁着夜色的掩盖，我肆无忌惮地流着泪水，从食堂到女生宿舍泪水仍然止不住。我索性在宿舍门口的石板上坐着，一个人默默地流泪，偶尔抬头看看天上的星星，感觉星星也在笑我这个人真的好傻，我越发哭得伤心。

接下来的一个星期，上课时我不再坐在浩南哥旁边，也故意躲开他。他兴许是沉浸在幸福的恋爱里，好像并未发现有什么不对劲。

- 3 -

过了一个星期，我又坐在浩南哥身旁了，他说："这几天干吗不坐在我旁边啦？难不成你吃醋啦？"

"谁吃你醋呀？有病吧！"

"那就好，我们永远是哥们儿！"

"好，永远的好哥们儿！"

后来，我不再和浩南哥一起去打篮球了，因为有张娅在场外陪着他，虽然，我明知道他们在一起了，但是，让我看着他们在我眼前恩恩爱爱，我还是做不到。不过，我还是坚持和他一起做实验，也帮他抄实验报告，这是我们唯一的秘密，连张娅也不知道我帮他抄了四年的实验报告，这也是我觉得最最快乐的事情。

大四的上半学期，浩南哥和张娅分手了，具体是什么原因，浩南哥从未提及，他不说，我也不问。

记得浩南哥分手的那晚，我和他在学校后门的小饭馆里喝了半宿的酒。他想喝，我就陪他喝，直到他喝得烂醉，一个人号啕大哭，嘴里不停地喊着张娅的名字。那一刻我知道，浩南哥一定非常爱张娅，看着他伤心难过，我也跟着伤心难过，我多么希望失恋的那一个是我，而浩南哥永远和张娅幸福地在一起。

— 4 —

很快大学毕业了，浩南哥要回山东了，他走的前一晚，我们一起在校园里散步。

我知道，如果我再不对浩南哥说出那句话，也许一辈子都没有机会了。我们即将要各回宿舍的时候，我咬咬牙对浩南哥说："你可以带我去山东吗？我喜欢你四年了，这四年里你应该知道我的心意，只是你假装不知道！"

他说："山东离桂林很远的，我们那里吃馒头，很少有桂林米粉吃的，我不想你为我放弃那么多。"

我说："我愿意，我不介意。"

他说："你的心意，我很早就知道。你知道有一句话叫'恋人未满'吗？我们的关系就像是恋人未满，友情多一分，爱情又少了一分，我们注定是做一辈子的好哥们儿。"

我说："我不在乎，爱情里少的那一分，我补上就好，只要你有那么一点点喜欢我就足够了。"

"细细粒，总有一天你会遇到那个爱情满分的人，而不是让你去补一分的人。"

　　那一晚，我在宿舍哭了好久好久，宿舍的妹子没有一个人知道我为什么哭，大家都以为我舍不得离开学校，舍不得离开大家，都纷纷过来安慰我："以后我们还会有机会见面的，想我们就打电话……"她们越安慰我哭得越厉害，最后，她们也被我弄哭了。

　　毕业后，很多东西我都送给学妹了，只有那台天蓝色小风扇我带走了，那是浩南哥唯一留给我的东西，至今我还用着那风扇，每次看着那风扇转呀转，我就想起浩南哥那帅气的脸。毕业两年了，不知道浩南哥现在还好吗？身边是否出现了真正的细细粒？

　　浩南哥，我居然又想你了，你会偶尔记起那个细细粒吗？

二十一世纪的

////// 爱情

文 / 丘戬

— 1 —

每个季度总有一个月，我的小朋友她都是在看房、选房、搬家的过程中度过的。

作为漂泊在外的非典型性移民，理应害怕漂泊，她却对搬家保持着十二分的热情。

这是第四次搬家，我有气无力的质问显得很卑微。我说："彩虹小姐，我们搬来搬去就是为了在东南西北四个方向给深圳看大门吗？"

被揭了短的小朋友脸涨得通红。"懂不懂什么叫农村包围城市？"她大声为自己辩解。

搬一次家穷三月，算来我们这一年来并没有积攒下什么。

我并不责怪她。

她有一个没有人点击的博客，若不是IE（是美国微软公司推出的一款网页浏览器）栏有浏览记录，连我都偷窥不到。她在博客里说，她问过法力无边的占卜大师，大师告诉她，要在深圳的郊区东南西北四个方向住上一圈后再住到市中心，这一辈子会顺风顺水。她显然相信了。

星星堆满天，累极了的小朋友和我躺在新家的小床上，她抱着我，我在半睡半醒的时候听到她说："我们买个六十平方米的小房子好不好？"

我假装睡着了。

– 2 –

她毕业来到深圳，就被我盯上了。坑蒙拐骗使出浑身解数，她总算掉进我的怀抱里。热恋的时候我问她："你喜欢我哪一点啊？"她对于我写在白纸上用来诱供的诸如长得帅、脾气好、有气质之类的优点视而不见，只是丢出一句："嗯，你会讲本地话，我以为你是本地人。"

我听得无限悲凉。

– 3 –

我并不是沉默的羔羊，我也有翻脸比翻书还快的时候。

三八节那天我会拼了命夸她少女。作为少女，当然不会在妇女节这一天死皮赖脸讨礼物。过了这一天，我会义正词严地告诉她，时光太匆匆，现在的她已经跨入老妪的行列了。

她装可怜："这么快就老妪啦，我还没有和你过完好日子呢。"

一句话，我就投降了。为了我朝思暮想的好日子，我迅速恢复她少女的身份。我自横刀向天哭泣，因为接下来的日子里，小朋友真诚地对我说："洗衣机会累的，你让它休息几天吧。来，体会一下手洗衣服的乐趣吧。"

我真想把这样的乐趣给她。

我下班比她早，所以每天负责做好晚餐等她。周六我会扯扯她的衣袖："嘿，做饭去吧。"我装大爷，却被她拖出去陪她逛超市。她总是在食品专柜疯狂"试吃"，还不停地叮嘱我："今天不做饭，你不吃别后悔。"

那一刻，我只想把这个丢人的小市侩拖回家。

好脾气的售货员常问她好不好吃，她头也不抬，消灭面前的食物后告诉她："不好吃！"售货员直跺脚："不好吃你还全吃光了？"

- 4 -

有段时间小朋友回家很晚。

她又找了一份小兼职，每天陪人打乒乓球。推拉弹拨抽，我教了她三年，她居然也打得有模有样。现在她陪别人打球居然敢收费，而且一收就是五十块一小时。

每次我下班后就直接去球馆，小朋友不是大美女，但也有点儿小姿色，更何况和她一起打球的是个什么"企业家"，我得看紧她。

于是每天我坐在那儿看她打球，偶尔也会遇见"企业家"的妻子。长得不好看，但看起来很贤惠，看起来很像那种和他一起吃过苦熬过日子的女人。她为什么要小朋友天天陪他打球，我不知道，也从来都没有问过。

我只要和小朋友一起回家就可以了。

拿到第二个月的兼职工资时，小朋友便辞掉了这份兼职。回家的路上，她很兴奋："十二万啦！"我听得莫名其妙。"我们这一年存了十二万，够付一个房子的首期了。"小朋友的声音有点儿激动。

十二万？我有点儿不敢相信。我只知道，这一年，她上了两堂免费的理财课居然选准了银行的理财产品，基金也小赚了一笔。

大房子也有大房子的空旷。她说那个女人一直担心她的"企业家"老公在外拈花惹草，所以找了小朋友培养了他爱打乒乓球的兴趣。打球累了，那男人也只能回家洗洗睡了。这就是那个女人会同意她来狠狠敲她老公一笔的原因。

小朋友也有郑重其事的时候。有些人只能共苦却不能同甘，贫贱的情侣更能享受共勉的人生。这听起来像台词，可她说到要有个房子，才真真正正像家的时候，我有点儿小感动，想哭。

– 5 –

在假装睡着的时候，我回忆了好多过去的事情。

那年她刚毕业，无社会经验。

那年的她那么嚣张，嚣张得我直想笑。

可是现在，我的彩虹小恋人，她的愿望那么小。小心翼翼攒生活，平平凡凡觉得够用就好。

生活中本来就没有太多惊天动地的大事，这简单的、平淡的、吵吵闹闹的生活以及被日子逼迫着的相互妥协，就是爱情了。

我转过身子去，在黑暗中，给她一个大大的拥抱。

////// 双城之恋

文 / 南在南方

- 1 -

　　赵小初站在石凳前，秋天的太阳很暖。她站在那里看坐在石凳上的李树，李树正捧着一本书看得入神，没有注意到她。她欠了欠身子挡住他书上的阳光。这回他抬起头来，愣愣地看着她问："同学，你……"

　　赵小初笑了，像花朵一样地笑，说："同学，我可能喜欢上你了。"很直接，直接得让她自己都有点儿不好意思，接着脸就粉了起来。

　　她说，老是在图书馆里看见他，坐得特别端正，一棵树似的，一会儿眉头皱起来，一会儿又展开了；做笔记时老爱咬钢笔，爱看《中国国家地理》杂志；只有两条裤子，一条是牛仔裤，另外一条还是牛仔裤；素食动物，每个周末会跑两里路去那家兰州拉面馆，面端上来时会行注目礼，像是见着亲人似的眉开眼笑；还喜欢搓手，据称是地理系的才子之一……

李树叹了一口气："你哪个系的？"

她嘟着嘴巴："李树同学，人家可都表白了啊，怎么着也得报上姓名吧？"他只好说："在下李树。"刚一说完，自个儿脸发烧了。

她得意地笑了，接着自我介绍，原来她和他同级，不过她念美术系。她说，如果明天同一时间他还会来这里，就说明他接受了。说完她就走了。

看着那苗条的背影，李树咧着嘴笑了，心飞快地热起来。

— 2 —

第二天李树当然在那里，他没有理由不在那里。他向往恋爱的感觉很久了，可他从没表白过，在清贫面前爱情不曾抬起头。

赵小初是背着手走来的，得意显而易见。可第二次在石凳上坐下时，她却莫名慌乱起来，积蓄下来的喜欢就像装在杯里的水，她怕不小心溅了出来收不回去。

赵小初从小就生活在这座城市里，在她的记忆里这里没有冬天，好像四季都穿着裙子。而李树的家却在甘肃张掖的农村，他说月亮在那里分外美丽，下雪天安静得像是天堂。那些干旱的地方长有一种叫蓬蓬草的植物，正宗的兰州拉面少不了它，等到秋天它干了，割回来烧成灰，用蓬灰和面，面是黄的，特有劲儿。

她这才明白，为什么他只有两条牛仔裤，为什么他是素食动物，这让她有点儿难受。

就这样开始了。秋天的牵手总是迷人的，不似冬天的冰凉，也不似夏天的潮湿，很温和。他们牵着手走过街道，走过树林，每过一会儿都要看对方一眼，怎么也看不够。他没有礼物给她，她不敢给他礼物，怕伤了他的自尊。

好在，他们都有一双充满朝气和爱意的眼睛。

他带着她去吃兰州拉面，他吃得热烈，她却吃不下去，她不喜欢吃面食，不喜欢吃辣，不喜欢油汪汪。他跟她说，如果她到西北去，到兰州去，肯定会喜欢吃的，那里的面，一清二白三红四绿，那才叫一个香……

他再一次咽下口水。她看着他，他看着远处，那一刻他很想家。

一个月夜，他们站在木棉树的背后，她抬头看着月亮，他看着她，月光停在她花瓣一样的唇上，看上去有点儿凉。就在那一刻她说她的唇有点儿凉，很抒情的一句话。她看着他，他的心事一览无余，不过，他还是勇敢地说了："要不，我给你暖暖？"

她低下了头。他捧着她的脸，笨拙地吻了。她闭着眼睛，乖巧得如同一个孩子。不过，她悄悄地睁开过一次眼睛，有些不高兴，因为他没有闭眼。

问他为什么吻她时不闭眼。他认真地说："那是因为我要记住你。"

– 3 –

时间飞奔，转眼就要毕业了。很多校园爱情在毕业时都哭了，高高的站台上常常有挂着泪珠的脸。

赵小初不想要眼泪，她要把李树留在南方，于是请父亲帮忙，从一家有名的私立学校拿回来一张聘书，待遇自然是丰厚的。她把聘书给他时，本以为他会眉开眼笑，结果呢？他眉头紧锁。他要回去。

他忘不了他考上大学后乡亲们东一家西一家给他凑学费，忘不了那些孩子看着一个破了的地球仪说地球是圆的，忘不了"为啥我们没掉下去"的疑问，他想当一名地理老师。

他的主意定了下来，不过，他没有马上跟她说，而是一次次地说北方的好，说故乡的七彩山、丹霞美景、黑水国……她听着，眼里满是向往。可她总会清醒过来，说她喜欢南方，喜欢街道，喜欢电梯，喜欢美术馆。他说，离家乡不远就是敦煌，世界上绝无仅有的美术馆。她也不含糊，她说那是用来描摹的，不是用来生活的。

你来我往的交锋，他没能让她产生追随感。于她而言，北方太遥远，而爱是要相守的。

— 4 —

他离开了南方。走的时候她送他到站台，他安静地跟她说再见。她站在车厢外面，想象着他突然改变主意，可是他没有。火车开动的一瞬间，他拉下车窗对她说，如果南方的冬天下雪了，那是我在北方想念你。

她的泪水忍不住就落了下来。她想他是说他不会想她的，因为南方的冬天不下雪。

她想她跟他就像两列逆行的火车，奔驰在两条不同的铁轨上。不过是会车时，他给了她一个笑脸，她还没来得及给他笑脸，火车就带走了他。

他来信说他如愿以偿做了中学地理老师，他说如果她要来的话，什么都不要带，带一个地球仪就好。

她把他的信放进抽屉里，她想，没有他说的如果。可是她想念他，那些往事像慢镜头一样出现在她的眼前，她那么爱他，可他不要她……

奇怪的是，他离开后的冬天，雪从北方一路下到了南方……

她走在她和他曾经走过的街道上，他说过的那句"如果南方下雪了，那是我在北方想念你"，尖锐地滑过她的心。她要立刻见到他。那种感觉像是天意。

　　她去火车站，手里提着的那个蓝色地球仪吸引了不少目光。她要去兰州，要去张掖。

　　车出韶关，火车就进了雪野。那么白，那么美，一路向北，越发好看。当时的她还不知道，谁都不知道，这雪将要成灾。

　　车到了兰州，她知道离他只有几个小时的车程了。她打他的电话，接通了，一声两声三声，她的嘴唇激动地颤抖着，她该说什么呢？"南方下雪了，"等她听到他的声音时，她说，"我手里有一个漂亮的地球仪。"

　　他温和地说："雪从北方下过来的。我在朝南的火车上，3个小时之后，我会在你楼下……"

　　她没有想到会是这样，朝北的火车，朝南的火车，在哪里错过的她不知道，她只知道那时他们的心无限接近。她说："我在兰州。"她说："我在兰州的拉面馆里。"她说："我突然觉得这碗拉面有爱情的味道。"她这样说时，眼泪滴在面里，她想不是她不喜欢吃拉面，而是没有在兰州见到他。这般的冷，也许只有这样火辣的汤水才能安慰这千里的奔波。

　　他哪能不激动呢？他说："亲爱的，就在兰州等我回来。落了雪的张掖像一个孩子，等着我们呢……"

　　因为雪灾，他是十天之后才回到兰州的。当他看见她穿着臃肿的棉衣站在兰州站外时，他咧开嘴笑了一下，接着凶猛地哭了。

十七岁 \\\\\
遇到的那个男孩
文 / 玄圭

美梦成真

那时刚上大学，17岁的年纪，怀着多么促狭和张扬的天真，对爱情充满想象，会喜欢任何一个经过身边的男子，比如瘦削高大的英文老师，比如每周一、三来查考勤的学生会主席韩放。

然后，竟然梦想成真。某个周末下午，听宿舍楼下有人喊："603！阮小令！"我想那个下午的某一刻，整个女生宿舍楼都是为我而矗立的。叫我的，竟然是那个骄傲帅气的学生会主席韩放！当然很快，我便知道他不是来跟我恋爱的。他说看了我军训时给校报写的多篇文章，很佩服，现在他在报纸上发现了一个很好的新闻素材，想带我一起去采访。"文章肯定会发表，稿费至少够你过两个月！"那时的我并不晓得合作的意义，可是我知道，我必将和韩放单独待那么一小会儿。

韩放的素材，是关于另外一所大学的一名大二男生，叫林慧生，来自新疆，家境极为困窘，他靠勤工俭学支付自己的学费，同时还资助了三名高中生。韩放给了我电话号码，说他已经吃了闭门羹，但人家没准不会拒绝女孩。果然，电话接通，林慧生答应接受采访。韩放兴奋不已，当晚请我吃饭。嘿！是教师食堂的小炒呢。

然后我和韩放去见林慧生。他是精神风度让人惊异佩服的男孩，读高中时就开始资助广西的两名孩子，给他们提供学费生活费，还跋山涉水去看望他们。林慧生健谈、热情，但我却感到一种莫名的烦躁和心不在焉。你知道吗？面前这样一个优秀无私的男孩，却有一张让人难忘的脸：一条暗红色狰狞的疤痕，从他的右眼角一路延展，直抵右耳根……于是，他的无私和博大，便在我的眼里大打了折扣。

回去的路上，韩放把他对林慧生的赞美，一步步拔高到让我瞠目的高度。他嘱咐我好好写稿子，杂志编辑那边，自有他打点，绝对能顺利发表。想象着我的名字将和韩放的名字以暧昧又平等的姿势挨挤着出现在某知名杂志上，我的幸福和骄傲就快要漫溢出来了。

刚到宿舍，接到林慧生的电话。他滔滔不绝地补充了很多他认为很重要的东西，语气要比采访时温婉许多。挂上电话我才意识到，他已经去掉了我的姓而直接叫我"小令"。第二天下午没课，我在自习室里从中午坐到晚上，把林慧生的采访稿写完了，因为韩放就等在旁边，我愿意为这个男孩效劳。将稿子给他，韩放捧着它"啪"地亲了一口，我的脸竟燥热难耐，似乎那响亮的一吻，是印在我的唇间。

稿子上我的名字，排在了韩放的前面。"阮小令、韩放"，看起来多么像爱情！

没有我的名字

之后每晚9点左右，林慧生都会打来电话。他懂很多，也不吝于将他懂的都炫耀给我。他跟我说中国历史，跟我讲外国的叔本华、苏格拉底，又跟我聊我刚刚学的电影学。老实说我不喜欢听，或者说，这些原本深奥有趣的话题和林慧生说，注定会了无生趣。

碰见韩放时，他就贼笑，问："林慧生攻势猛烈吧？难得的好男人啊！"他对林慧生的一举一动了如指掌，原来就是他，为林慧生指点了追我的迷津。当林慧生白衬衫牛仔裤白球鞋，甚至捧了一束红玫瑰来学校找我时，我从他那里得到了证实。他说，他对我一见倾心，韩放的积极怂恿给了他勇气。

因为第一次见林慧生就心生排斥，确切地说是恐慌，而且是他让我明白，原来我心仪的韩放根本不曾心仪我。我泪眼婆娑，扔了林慧生的玫瑰花，众目睽睽之下告诉他："我们两个，绝不可能！"这个精心打扮的男孩，脸上狰狞的疤痕痛苦地抽动，然后他轻轻地跟我说"对不起"后落寞地离去。

第二天，韩放跑到我的教室里来，众目睽睽，搭了我的肩把我拽出教室。"稿子都定了，林慧生却不愿意刊发了，怎么办？"我答："凉拌。"韩放突然抬起右手拍了拍我的脸："宝贝儿求求你了，这个稿子可是头版啊。我马上就要毕业了，这可是我找工作的敲门砖呢。当然，也是你的。"

于是，我给林慧生打了电话，跟他说对不起，还主动约他见面。他受宠若惊地来见我，白衬衫牛仔裤白球鞋，头发上抹了厚厚的摩丝，那一次我接受了他的玫瑰。林慧生每个周末都来学校找我。我不让他在宿舍楼下喊，只让他在学校外面的一家湘菜馆里等。为了得到韩放的倾心，我在假装着对林慧生倾心。

一个多月后的某天，有舍友扬起一本杂志朝我喊："小令，这不是你的那篇文章吗？作者怎么没你？"是的，那是我欣喜而文思泉涌地坐在韩放旁边，花了八个多小时写出来的采访林慧生的文章。作者署名是"韩放、卢轻灵"。和韩放以暧昧姿态依偎在一起的那个人，名叫卢轻灵。我抓起电话打给韩放："恭喜文章发表了。"这个一向伶俐果断的学生会主席，支吾着："稿子是我女朋友敲出来的，我就写了三个名字上去，编辑却说只能署两个名字……"我挂了电话，舍友说我应该把韩放吃掉，再不济也要给他贴大字报。但是我，竟然连"浑蛋"都没骂出口。骂有什么用呢？他喜欢的那个女孩，不是阮小令，而是卢轻灵。

有张脸不曾忘记

林慧生不听我的话，再一次在宿舍楼下喊："603，阮小令！"他的身边，还站着韩放。在人流穿梭的宿舍楼门前，我站在这两个令我厌烦的男孩中间。林慧生这一次西装革履，拿着那本杂志跟韩放说："你必须给小令一个交代！"

自知罪孽深重的韩放，要请我们吃饭，我不去，林慧生死拽着我非让我去。那其实更是一次谈判，已经见刊的杂志不会再出现我的名字了，但是林慧生让韩放当场立下字据：文章稿费分我一半。韩放嬉皮笑脸："全给小令都行，这样才对得住她。"

那晚送林慧生走，他幽幽地试图抓我的手，我慌忙跳开。然后他就探出手，张开，要去梳理我的长发。那双手干净、修长、温情款款。他一边梳一边说："小令，你喜欢的是韩放不是我。我不会再为难你了，但是，韩放也不适合你。"我泪如雨下，为什么林慧生偏偏要有那么狰狞的一道疤痕呢？

之后，林慧生果然不再来找我。两个月后，我收到一笔昂贵的稿费：2200块！自私又无耻的韩放，他也许是为了赎罪，把稿费全部都给了我吧。

大四时，那个曾经发表了我的文章却没有署我名字的杂志编辑跟我约稿。稿子见刊两个月后我忍不住催要稿费，人家就说，他们杂志自创刊起，就是文章发表后四个月才发放稿费的。我问编辑，他是否记得三年前他们发表的采访林慧生的文章，他说韩放写得很好，是韩放拿身份证去杂志社领的稿费……

是啊，这个处心积虑的男子，怎舍得将到手的银子分给我呢？而那喂饱了我大二上学期的2200块，又需要仗义又蠢笨的林慧生奔走多少时日才能赚到？我想他，如果马上见到他，即使光天化日，我也会扑进他怀里，狠狠哭一场。

毕业后我离开扬州回到家乡，偶尔想起韩放，也常常想起林慧生。然后是最近的某天，QQ里有人加我，他说他是林慧生。他发来照片，全家福，他依然白衬衫牛仔裤，但他竟然有那么漂亮的妻子和女儿。时光飞快辗转流逝，这张脸却多年不曾忘记。我不能抑制自己很肉麻地跟林慧生说："这么多年了，一直想着你呢。"他发来一个笑脸："不管你是否真心，我都笑纳了。"

////// 再见啊，
曾深深爱过的少年

文／花凉

我与F，已经六年未见。

读书时我同F有着相似的性格，多读了些书的缘故，身上有着自命不凡的清高，也因为年轻，有着张狂的桀骜。

什么都聊，从韩寒到尼采，从历史到哲学，从生活琐事到未来梦想。感情也聊，那时我正喜欢着一个男孩，什么情绪总要同他倾诉，他也会有意无意地和我提起自己心中的女孩，说着自己的仰慕与爱恋。再后来，他因某次违纪事件被学校处分，降级一年，我去读大学的时候，他开始读高三。

在异乡，也经常会接到他的电话。有时是午夜，他说晚自习刚刚放学，风有些凉。有时是清晨，他说家乡落下了第一场雪，问这边天气如何。

再见面是我大一暑假回家的时候，和他在环城路走了一圈又一圈，知道他高考成绩不算太理想，报考了海员。海上运输公司同大学有合作培训，在学校学习三年之后上船，五年的国际航线。视线所及之处，全是蔚蓝的大海，很久才靠岸一次，若是在偏远的海域，信号联系全部中断。

"你还没有向喜欢的那个女孩表白呢。"我有些遗憾。

他沉默了半晌，而后叹了口气："算了吧。"

笨拙如我，并未能参透那一声叹息背后的哀愁。直到某个夏夜，我接到F的一个电话，他大抵是喝醉了酒，有些语无伦次。

即便如此，我还是在震惊中，听懂了那是一场深情的表白。

他絮叨着说了很多，说以前开不了口，是知道我有喜欢的人，现在开不了口，是将要远行，前路茫茫，自知不能拖累所爱之人一生。

那个电话于我来说，好似一颗炸弹，让我震惊，我从未想到那段对我来说是真挚的友谊，对另一个当事人来说，却是一场旷日持久的爱恋。我不知如何回应，匆忙挂了电话。

那个电话之后，我同F的关系，变得有些微妙起来。好似过了那段心无芥蒂的岁月，他对我，有了一种刻意的回避与疏远。

我去挽留他，质问他，直到后来怨恨他把我们的关系弄得一团糟，最后淡出了对方生命，不再联系。

后来时隔经年，当我也未能幸免地爱上一个只把我当成好朋友的男孩的时候，我才隐隐约约地明白当年F的犹疑与斗争，明白F的辛酸与苦涩。

为着一份不知去向的情感赌上一份深厚的友情，需要太多的决心和勇气。

我不愿同那个男孩表白，生怕我同他，走上同F的旧路。

这与其说是一种对我们友情的维护，不如说是我对自己的自保。

到底哪一种更好，我自然是无从定论的。早已缺乏热血和勇气的我，只能用"也许友谊更坚固更长久"这样冠冕堂皇的话来安慰着自己。

　　但同他走在一起的时候，我真的有无数次，想要伸出手来拉住这个人。

　　而那个时候，脑海中总会浮现出数年前的那个暑假，F那一句怅然的"算了吧"。

　　"算了吧"，就这样告诉自己。F告别之后的那些年里，也有一些人爱过我，真情或是假意。

　　但我再也未曾遇到F那样的少年，他字迹漂亮，给我抄过整整一本《诗经》，他给我拍过冬天的第一场雪，春天的第一朵花，秋天的第一片落叶，在那段曾被我忽略的岁月里，给过我最无声和纯粹的情感。

　　那晚的酒桌上，他向我举了一杯酒。我亦端起了酒杯，在心中说了句"再见"。

　　再见啊，曾深深爱过我的少年。

多么庆幸，\\\\\\

没在最美时相遇

文 / 一言

他和她认识的时候，都不那么年轻了，已经进入了大龄青年的行列。

是别人介绍的。

他们约在一家海鲜餐馆门前见面。她简单收拾了一下，提早去了几分钟。没想到，他却迟到了。

竟然是个好看的男子，褪去了小男生的青涩和单薄，神情略显沉稳，衣服穿得很有品位。一见面，他就积极道歉，说路上塞车，足足塞了45分钟，请她一定原谅。

她笑着说，没关系的。暗自算了算，如果不塞车，他会比她到得早。

两个人进了餐馆，找了靠窗的位置坐下。他把菜单递给她，让她想吃什么就点什么。

她还是笑，小声说："我减肥呢。"

他也笑："不用啊，胖点儿怎么了？只要健康就好，再说，你不胖啊。"索性拿过菜单，也不看价格，招牌菜，一连点了好几个。

感觉得出来，他对她的印象不错。而她也是。

他处处照顾她的感受，体贴她，如体贴一个小女生，让她感觉到被宠爱的温暖。

就这样，慢慢接近了。过了半年的样子，他提出结婚，她同意了。她觉得自己终究还是个有福气的女子，在这样的年纪，还能遇到这样温和、体贴又英俊的他。

结婚前几天，他们的好朋友帮着他们收拾新家，有他和她单身时的一些物品，其中也包括各自的旧相册。大家翻出来看，于是，看到了最年轻时候的他们。

那时候的他，那样英俊挺拔，穿着衬衣和牛仔裤，戴很酷的腕表，眼神里带着不羁的味道；而那时候的她，也有那么一点点胖，但非常漂亮，眉目中满是清高，满是骄傲。

有朋友"呀"了一声，对他们说，可惜你们没有早几年遇到，那才真的叫金童玉女。

他笑了，她也笑，却都没有说话。那一刻，他们心里都很明白，幸好他们没有早几年遇到。那时候的他，叛逆不羁，喜欢个性冷酷的瘦小女孩。而那时候的她，对男孩子更是格外挑剔，最容不得男人迟到……他们就是这样，因为挑剔，因为不够宽容，在最年轻的光阴里一再错过爱情。

真的不用遗憾，没有在最青春美貌时遇见。因为我们要的，终究不是那一场天崩地裂的爱恋，而是天长地久的温暖相伴。

寻找一个 \\\\\\
叫鱼的女孩

文／阿远

距离校还有一个星期的时候，摆地摊卖旧书又一次成为校园里一道亮丽的风景。我们几个兄弟一商量，也加入卖旧书的行列。幸好，我们几个都是爱学习的主儿，所以，我们有大把的英语复习题之类的书可以出售。

许多大一大二的师弟师妹围在我们的地摊前叽叽喳喳，却没有几个人真心想买。我急了，随手拿起一本书，朝着他们翻开："看看，这可是京华的复习题，才半价，很值的。"

忽然，一张纸片从书里飘出，悠悠地落到脚下。

我捡起来一看，不禁怔住了，是一张书签，一张彩色的自制蝴蝶书签。正面，是一个压得很好的蝴蝶标本，反面是一行秀气的手写字：Jay，你知道我喜欢你吗？鱼。

拿着书签，我翻来覆去地看，没发现任何一个人的名字或拼音缩写，真是怪事。这本书明明是我的啊，可是，这个鱼是谁呢？这个被鱼称为Jay的人，又是谁呢？为什么书签又会夹在我的书中呢？

"师兄，这四本书我全买了！"一个不知从哪儿冒出来的女孩指着我手中的书说。

我不耐烦地瞅了她一眼，又把视线挪开去："对不起，今天不卖了，我们要收摊了！"

回到宿舍，我们立即把门反锁，把电话线拔掉，召开全体紧急会议。

半个小时过去了……一个小时过去了……两个小时过去了……

毫无进展。我刚刚宣布"会议暂停，晚饭后继续"，老四突然大叫："我想起来了，Jay好像是周杰伦的英文名字，老大，亏你那么喜欢周杰伦，连这点都没想起来！"

刹那间，我如梦初醒，同时，也想起了我满柜子的鸭舌帽。然而，那帮兄弟的智商也并不比我差，他们同时用手指着我大叫："老大，鸭舌帽！你就是Jay啊！"于是，我一下子成了重点怀疑对象。

寻一个叫鱼的女孩：鱼，我是Jay，很抱歉直到现在才给你回音，论文答辩已经结束了，我就要离开学校了，能见你一面吗？

第二天，一号教学楼大厅内的小黑板，出现了这样一段话。

我的弟兄真是热情，看这几天一号楼内专门刊登寻物启事的小黑板太寂寞了，又看我实在想不起那个叫鱼的女孩是谁，就合伙向管小黑板的阿姨求情，允许我使用两天。

一天过去了，小黑板被写满了。有六个女孩，用六种不同的字体向全校同学宣布自己是鱼。兄弟们全傻了，只好请我去辨别是非。我只看了一眼，就对那帮兄弟说："都不是。"

顿时六个拳头向我挥来，她们以为受到了戏弄。

然而，她们又怎么知道，看似对此事漠不关心的我，已经把那书签看了不止千遍，怎会不认识鱼的字体，又哪来的心情去戏弄她们？

第二天，我一大早就去了一号楼。我有种预感，那个女孩就在我身边，而且一直在默默关注着我，她一定会出现。

大厅里，我看到一个女孩也在徘徊。她侧面对着我，但在墙上的大镜子里，我看到了她的脸。忽然觉得有些面熟，仔细一想，原来就是前天那要买我四本书的女孩。我怀揣着心事，不想和任何人说话，只是把黑板上的字擦了，又重写了一遍。

中午的时候，我被兄弟们强行拉到了黑板前，那行秀气的字差点儿让我晕厥。

Jay，我是鱼，送你的书签喜欢吗？那只蝴蝶好看吗？

我立即用颤抖的手在下面回复：鱼，我知道你迟早会出现的，书签和蝴蝶我都喜欢，能见你一面吗？

这次写完后，老四建议我们不要离开，偷偷地躲在一边看到底谁是鱼。可我们在男厕所里待了两个小时，还是没人出现。我们不得不离开。

就这样算了吗？

一直等到晚上十点多钟，我第N次来看，黑板上才加了一行字：Jay，据我所知，小黑板已经到期了吧？那么咱们的事也到此为止吧？希望你离校愉快。鱼。这怎么行呢，就这样了吗？这算怎么回事？

在兄弟们一声赛过一声的感叹中，我已经拎起小黑板向管理室走去了。

既然到期了，那就去还吧。

敲开管理室的门，我发现里面空无一人，于是，我把小黑板搁在侧面的墙上。我正想离开，忽然身后传来幽幽的声音："你就这样走了吗？"

我吃了一惊，转过身去，发现不知什么时候从什么地方钻出来一个女孩，站在桌子旁边看着我静静地微笑。

"是你？"我说，"怎么，还想买那四本复习资料吗？"我已经感觉到什么，却只能选择这样的开场白。因为不管她是谁，除了这句话，我都无话可说。

"你说呢？"她仍然微微地笑着，淡淡地反问。

我已经确定她就是鱼了，却只能呆呆地站在那里一动不动。一天到晚都希望见到的人，现在就在我的面前，可我又能做什么呢？

"你也许不知道，管小黑板的阿姨是我妈。你也许更不知道，你刚来这所学校我就注意上了你，那时我才读高三，我天天下午来这儿打乒乓球，每次都能见到你在篮球场上奔跑的身影。但我当时成绩并不好，是为了你我才开始努力的，最后终于如愿以偿考上了这所大学。但你不知道并且肯定也想不到的是，我考上来以后就对你失去了以前那份微妙的感觉了，而现在，我已经彻彻底底地把你放下了。"

听着她平淡的叙述，我忽然产生了一种莫名的冲动，我走上前去，拉起她的手："我带你去一个地方。"

夜晚的篮球场，全然没有了白天的热闹与喧哗，安静得像个羞涩的少女，黑暗就像给它披上了一件朦胧的黑纱。

我拉着她来到我经常打球的地方："看，我大学四年一直都是在这个篮筐下打球的！"我抬起头来，仰望着已经破旧不堪的篮筐，回想着逝去的岁月，心中无限感慨。

在我的感染下，她也活泼起来，说："我也带你去个地方。"

然后她拉起我的手，我们一路小跑，来到乒乓球场。

"看，这就是我经常打球的台子。喜欢你之前我在这儿打，喜欢你之后我也在这儿打，不喜欢你了我还在这儿打！"

她像说绕口令似的，把我说得笑起来，她也忍不住笑起来。

那天晚上，我们就在"她的台子"和"我的篮筐"之间走来走去。互相回忆着大学的往事，直到很晚很晚。我一直没有问她的名字，因为我觉得没有必要。

那是我觉得大学四年过得最有意义的一个夜晚。照毕业照那天，她不知从哪儿钻出来，穿着一身雪白的娃娃裙，蹦蹦跳跳的，挤到我身边要和我合影。

"从哪儿来的小丫头，挺漂亮的嘛！"一哥们儿说。"找上门来的妹妹，不行啊！"我有点儿骄傲地说。

她听到了，什么也不说，只是朝着我笑。

离校的前一天，我在管理室找到她，把我打了四年的篮球送给她，又送了她一顶鸭舌帽，她很高兴。

看着她如花的笑容，我真想告诉她，我是真的想让她当我的妹妹，也喜欢有她这样一个妹妹。

可我最终什么都没说。

第五章

恋爱套路攻略

　　他们都说谈恋爱就像走迷宫，需要套路。
这么多年，多少迷宫让你迂迂回回，撞得头破
血流。现在你终于要杀出重围一往无前，闯完
迷宫，摸清套路，来日走的安稳些。

///// **多想**
还能深情款款

文 / 居经纬

　　阿菜告诉我，他喜欢上了一个女生，但是不知道怎么办，总觉得那个女生对他也有意思，但不太确定。

　　我说："表白呀。泡妞很简单，吃饭看电影，水到渠成呀。"

　　阿菜说："不知道怎么表白，口才不好，情话不撩，怕弄巧成拙。"

　　我说："好的，你等我一炷香时间，我给你制订个详细方案，保证你万无一失。"

　　阿菜不相信："确定万无一失？"

　　我说："不确定，起码退可守进可攻，至少不会让你败得措手不及。"

　　阿菜没理我，我想他是做准备去了，后来我把方案发给他，祝他马到成功旗开得胜。

　　他回了一句："已经确认关系了。"

"怎么说的？"我大吃一惊。

"就跟她说，我喜欢你很久了。然后她说，她也是。"

这恩爱秀得我无地自容。

一直以来我是把爱情看得太复杂了，有时候自己也困惑，爱情明明不是你死我活死磕到底，为什么要得失轻重权衡利弊，但事实往往真的这样。所以在每次开启一段新恋情之前，我真的做到了三思后行。

这里想到一件年少时的蠢事。

初二的时候喜欢一个女生，不想让她知道，但想接近她，所以想了一个办法，我去追她同桌。打着打听她同桌的幌子买东西给她吃，跟她说话，目的虽然达到了，但进一步发展变得举步维艰。

后来，三五年后吧，我才知道她也喜欢我，只是她认为我喜欢她同桌，她只好跟我做朋友，帮我传字条，甚至偷偷收藏她同桌拒收的小摆件。

想到这一点，比起阿菜，我自愧不如。

青葱时期的爱情并不具有太大的参考价值，大家情窦初开，难免天真烂漫。后来我爱上文学，开始对更加具象化的爱情有了轮廓般的了解，但总觉得有些文学作品对于爱情的表现太过夸张了。

在张爱玲的小说中，白流苏和范柳原这一对凡俗的男女，在战争的兵荒马乱之中，被命运掷骰子般地掷到了一起，于一刹那间体会到了一对平凡夫妻之间的一点儿真心。

同样在《霍乱时期的爱情》里，一场经历半个多世纪的爱情史诗，穷尽了所有爱情的可能性。或许最后男女主角算是在一起了，但可以说他们的一生还是充满荆棘。

船长看了看费尔明娜·达萨，在她睫毛上看到初霜的闪光。

然后，他又看了看弗洛伦蒂诺·阿里萨，看到的是他那不可战胜的

决心和勇敢无畏的爱。

这份迟来的顿悟使他吓了一跳，原来是生命，而非死亡，才是没有止境的。

"见鬼，那您认为我们这样来来回回的，究竟走到什么时候？"他问。

在五十三年七个月零十一天以来的日日夜夜，弗洛伦蒂诺·阿里萨一直都准备好了答案。"一生一世。"他说。

我不喜欢用"悲壮"一词来形容爱情，爱情可以是欢快的，是戏剧性的，是充满张力的，是一波三折的，也可以说它是无疾而终的，但牺牲与死亡绝不是爱情本身的属性。

我比较喜欢轻松点儿的爱情，就像我曾经在《幼稚情书》里写的那样，我写顾成和李小丢的久别重逢，完全没有苦大仇深的痕迹，就好像初恋初次约会一般——木讷却很甜蜜。

我说往事不堪回首，不提她了。

"李小丢，你不觉得你还欠我一个拥抱吗？"

"什么时候？"

"八年前，在你送我回去的时候，我们没有一点儿告别的仪式感。"

"所以现在要补上吗？"

"嗯。我是这么认为的。"

拥抱的时候，心跳像青草，像风铃，像晚秋熟透的果子坠落大地。

我的性格是挺接近男主的，不够主动但不放过任何"一招致命"的机会。这种男生挺坏的，不白白浪费一点儿气力，就能俘获心上人的心。

但更多时候，我缺乏"背水一战"的勇气。过分等待最佳时机的后果就是两手空空，什么也没得到。爱情这种东西，有时候考虑得太过周全，往往不是什么好事，起码说明一点，你还爱得不够彻底。

怎样才算爱得刚刚好呢？达到什么程度呢？

这个因人而异，我并不觉得死去活来是爱的最佳状态，当然得心应手游刃有余也不是。

我喜欢《挪威的森林》里面的一段文字，至今记忆犹新。摘出来一起分享：

"最最喜欢你，绿子。"

"什么程度？"

"像喜欢春天的熊一样。"

"春天的熊？什么春天的熊？"

"春天的原野里，你一个人正走着，对面走来一只可爱的小熊，浑身的毛活像天鹅绒，眼睛圆鼓鼓的，它这么对你说道：'你好，小姐，和我一块儿打滚玩好吗？'接着，你就和小熊抱在一起，顺着长满三叶草的山坡咕噜咕噜滚下去，整整玩了一整天。你说棒不棒？"

这是清新脱俗的恋爱风格，也有近乎痴狂的个例。

廖一梅在《恋爱的犀牛》中写道：你永远不知道，你是我渴望已久的蓝天，你是我猝不及防的暴雨。你永远不知道，你是我难以忍受的饥饿，你是我赖以呼吸的空气。你永远不知道，我的爱人。你也许永远不会知道，你是不同的，唯一的，柔软的，干净的，天空一样的，你是我温暖的手套，冰冷的啤酒，带着阳光味道的衬衫，日复一日的梦想。你是纯洁的，天真的，玻璃一样的，什么也污染不了，什么也改变不了，阳光通过你，却改变了方向。

不同的个体表达都无法比较孰重孰轻，只要都代表真诚，我觉得都恰到好处。真诚是检验一段感情的试金石，至于用了什么语气，做了什么爱的行为，讲了什么样的故事，都无关紧要。你觉得那一刻，这个站在你身旁对你说"我爱你"的人，你觉得他是喜欢你的，而你又喜欢他，这就够了。

越发觉得年轻时候的爱情都胜在体力充沛天公作美，校园爱情更能体现这点，但美好皆是幻象，得以永存的实属少例。没办法，我只求在我完全熄灭之前，跟你来一次狭路相逢，期许一次终不能幸免。

但也总有蹒跚的时刻。

想起赵旭跟我说的，法国人可以为了一壶温度恰好的烧酒误一班准点的飞机，一直没有机会效仿，也没想过要效仿，虽说理性生活需要一个无须过问的感性前提，但很多时候却是相反，遑论中规中矩的偏颇、俗尘俗世的风月，不足挂齿。毕业之后，很多时候都是矛盾的，不像学生时代的决绝，更别提霸道了。

以前我说，如果有风，那一定是我在想你；如果有雨，那一定是我在追你。说完就风雨交加，你还能怎样，天意不可违。现在我嘬嘬嘴，嘀咕道："我记得你爱我，或者我记反了。你听清了算你的，听不清拉倒。"

那个 \\\\\\

有文身的少年

文 / 叶子

第一次见到李腾萧，是高一下半学期一次下晚自习，同桌张丽丽和班里另外一个女生因为一个男生打了起来，两个女生打架的精彩程度堪比一场T台秀，你拉我扯。

只是围观的群众谁都没想到张丽丽放出了一句狠话："我认识李腾萧，你给我等着。"

不知道为什么，那个时候好像除了我以外，大家都觉得认识李腾萧是一件特别光荣的事情，直到现在我也搞不清是因为他家有钱有势，还是他太能打架，总之李腾萧就是学校的老大。

张丽丽说，她也没想到那天晚上李腾萧会过来，因为她压根不认识李腾萧，说朋友的朋友似乎都太近。

其实那天根本没发生什么，李腾萧来了只说了四个字，"都散了吧"，于是大家就真的都散了。

那个时候男生流行烫发，可是我不喜欢，于是刚好我看到李腾萧，留着我喜欢的干净利落的短发，那一刻还是挺美好的。我扶着张丽丽回教室，李腾萧意味深长地看了我们好几眼。

我仍旧是那个只关心成绩的乖乖女，但不一样的是，每天上课我的桌子上都会出现一杯奶茶。大家意味深长看着我，我气急败坏地将其扔掉。大家在背地里议论纷纷，各种羡慕嫉妒恨，同桌张丽丽拍着桌子，大声宣扬，我们以后有后盾了。他们丝毫没有考虑我这个当事人的心情，事实上，我一点儿都不想跟李腾萧扯上任何关系，不管他是学校老大，还是迷倒万千少女的帅哥。

每天下晚自习回家，李腾萧都会在教室门口等我。我故意躲开，加快步伐。他拉着我的胳膊问我为什么不理他，我讨厌别人在我背后窃窃私语，我讨厌他一副对谁都不屑的样子，我讨厌别人对他谄媚的嘴脸，我讨厌一切用暴力解决问题的人，可是话说出口，却成了"我讨厌你满背的文身"。

是的，李腾萧有满背的文身，那是一次体育课，我们两个班刚好碰到一起上，路过篮球场的时候，他光着膀子打篮球，所有的女生都发出惊叹的声音，很远，我看不清是什么图案，但是满背的文身，让我瞬间又对他多了一层厌恶。

有一次早上走到学校门口，他拦路截住我，把一大捧玫瑰花塞到我的怀里，只说了两句话："生日快乐，我已经把背上的文身洗掉了。"

我捧着玫瑰花，怔怔地望着他的背影，然后才发现路过的同学都在盯着我看。对于那个时候的我们，玫瑰花简直就是奢侈品，我解读不出别人异样的目光是羡慕，是不齿，还是其他。

这样的日子过了足足一个学期。直到再次开学，我不得不说，我还是有些期待见到他的。可是，比我的心情还要劲爆的消息是，李腾萧退学了。没有人知道他去了哪里，有人说，他子承父业，跟随父亲打理家里的产业去了；也有人说，他跟人打架，被抓进去了。当然，还有更离奇的说法是，他带着喜欢的女人去环游世界了。从那以后，我再也没有见过他。

我不知道他是什么时候在我桌子上刻下了一行字：**我会永远保护你，李腾萧**。是我某天心不在焉无心听课在桌子一角看到的。字很小，是用刀刻的。看得出，他刻得很用心。

时间久了，李腾萧的名字似乎也淡出了大家茶余饭后的话题，似乎这个人从来没出现过。可是，我始终记得，他曾经在我的生命里出现过。不管以何种方式，何种结果，我忘不了，那个我青春里的少年，那个有文身的少年。

////// 再见，
我的 57 号不回来

文 / 高鲸鱼

初相逢，杨弘正跟班里最漂亮的女生聊天，我撞上了他的肩，撞翻了怀中刚收上来的作文集。

初相识，他把书包往桌子上一拍，回过头嘻嘻地对我笑："你好，我是57号杨弘，以后我们就是前后桌了，多多指教。"教室门口的洋紫荆满树繁花，我闻到淡淡的花香。

十六岁，下课铃早已响过，语文老师却仍旧背对着我们一板一眼地写课堂笔记。他偷偷塞过来一张字条，我伸手接住，紧紧地攥在手心，像是攥住这又一个被老师占用的课间的唯一乐趣，虔诚地打开，认认真真地回复，一只手一本正经地翻课本，另一只手偷偷地戳他的后背，趁老师不注意把字条猛地塞回他手中，像是经历一场胆战心惊的冒险，却又因着偷偷摸摸而凭空多了一丝莫名的兴奋。

十七岁，我打不开的水瓶他负责，拿不动的书本他负责，掉链了的单车他负责。新买的手链跟脱到一半的外套袖子不小心钩在一起，怎么也解不开。找不到剪刀，他低头，小心翼翼地帮我把钩在一起的线咬断，呼吸温热，轻轻地触碰我的手腕，痒痒的，像脉搏颤动的感觉。阳光软软地摊在课本上，他的头发微翘，我闻到他淡淡的洗发水的味道，像青春期满校园窜动的荷尔蒙。如果此刻他抬头，一定会发现我不自然涨红的脸和紧张得无处安放的眼神。

十八岁，我和他始终没有走到一起，关系介于朋友之上恋人未满。我在（1）班，他在（3）班，中间隔着12米宽的教室和两面墙。每一次路过，都会忍不住借着跟同学打闹偷偷探头往他的座位看，像是害羞的小媳妇，战战兢兢却又情不自禁，这是整个少女时代最让人脸红心跳的秘密。

半年后他交了女朋友，我开始埋头于各种"五三"和"王后雄"。

十九岁，我拿着录取通知书来到广州，他在另一座城市扎根学习。他给我发信息，聊学校，聊同学，说他和女朋友早已分手。我给他回信息，聊社团，聊学习，聊新鲜的大学生活。我给他写信，吐槽学校的某些变态规定和乱糟糟的学习环境。他给我回信，调侃我的大大咧咧孩子气。一切好像倒回十六岁，他拿着作业本转头，我面不改色地给他讲解分析。

我假装当初一切皆成过往，回忆也是这么想。

和室友夜谈那年时光，她们追着我问："还喜欢吗？"

还喜欢吗？喜欢吗？为何听到他夸其他女生好看却不再觉得吃醋？不喜欢吗？为何每一次遭到追问感情史第一个闪过的念头不是没有，而是杨弘？

当年暗恋深埋心中，多年以后想起仍然心有所悸。但是多年以后经风经雨物是人非，那个让你念念不忘脸红心跳的，也许只是那个陪你走过短暂少女时代，在旧时光里对你且嗔且笑的少年，那个坐在我前排，偷偷给我递字条带零食，难过时给我安慰，无助时予我援手的57号同学。

生活始终不会是电影，我不是林真心，他不是徐太宇，历经多年分离，一个刚好分手，一个刚好回来，于是刚好携手，继续当年没讲完的故事，说出当年没来得及说出口的话。

不是所有的故事都适合追溯后来，不是所有故事都会有结局。如果当初没说出口的那句话是遗憾，那遗憾也是美的吧。

就让一切交给时间吧，我当年念念不忘的那个坐在我前面的57号同学，在老去的时光里，永不回来。

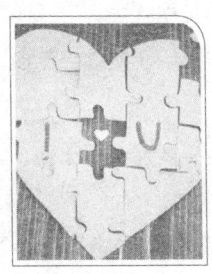

多少邂逅，
其实就是处心积虑的等待

文 / 曾颖

那年，我17岁，读高二，我的同桌，是一位长得像热门电视剧《血疑》女主角幸子的女孩。

山口百惠演的这位身世可怜的美丽的白血病患者，倾倒了很多观众，我和同学们都封她为偶像。大家爱屋及乌，也就喜欢上长得像她的这位同学，我们甚至将她的名字，也改为幸子。

我对她的关注和喜爱，最初也是来自这种相似。但随着同桌时间的增长，渐渐发觉这种"相似"之外不一样的东西。比如她永远规整的正楷书写，她永远被老师拿来做范文朗读的作文，她永远位居前三名的成绩，还有她说话时不轻不重却总像在听者心上轻轻挠动的声音。

我和幸子的家分别在学校的西面和北面，按常理，无论在上学还是放学的路上我们都不可能邂逅，更不要说同行。但我每天早晨提前半小时出门，跑步到她家附近，有时是在她常吃早餐的米线店，要一碗米线磨磨蹭蹭地吃；有时，则是蹲在茶馆门口看喝早茶的老人下棋；有时跑到家属院的洗衣台下去写因早出门而没来得及写的作业；有时，则是坐在她必经的小巷子里踢石头玩。总之，我会在漫长而无趣的等待之后，迎来她清脆的脚步声和一个礼节性的微笑，傻呵呵地对她说声："真巧。"

这样的真巧还有很多。我们会"真巧"地偶遇在学校的文学社团；我们会"真巧"地看同一场电影；她喜爱的歌曲，我"真巧"就有磁带；她喜欢看电影学日语，我"真巧"跟着电视读"各其所刹妈"……

就在我努力地制造着各种巧遇，在天堂和地狱之间打转的时候，晴天传来一声霹雳，因为爸爸工作调动，她要转学了，去数百公里外的重庆。

这不是偶尔一个早晨的错过，也不是一两个星期天或寒暑假的隔绝，而是一去千里从此不再回来的永绝。一想起这两个字，世界上所有凄苦悲凉的悲剧场景通通涌上心来，那天晚上，我在梦中送了她一程又一程，眼泪湿了半个枕头。

这天早晨，我两年来第一次不那么热切地想去上学。不夸张地说，我每天不睡懒觉热血沸腾起床的动力，就是她，一想着每天早晨与她的邂逅与同行，内心就幸福得不得了。

但现在，一切都破碎了。

幸子走了，我的元神也仿佛被抽走了，每天恍惚地在学校和家之间飘着，很长一段时间，我对自己的想法和行为都无法把控，对身边的一切事情都没有兴趣。这种感觉，不仅没有随时间的推移而减弱，却像弹弓一样，拉得越长，弹力越强。

在疯魔了差不多二十天之后，我决定去重庆看她。这个想法一经产生，便如火星溅到油锅里一般不可收拾。

到重庆的火车票是7.5元，来回得15元，晚上要坐一夜火车，加上吃饭和买礼物，起码得20元，这可是全家半个月的菜钱，但这也挡不住我疯狂的念头，我以学校要交资料费的名义向妈妈、爷爷、奶奶、外公、外婆各要了一次钱，终于凑到了20元，跑到商场买礼物，一条漂亮的扎染围巾花了10元，回程车钱成了问题，但也顾不了那么多了——就是扒车回来又怎么样？

带着这种一去不复还的心境，我坐上了开往重庆的硬座车，怀里揣着从幸子最要好的朋友那里偷来的写着她新地址的明信片。天空下着大雨，整个世界被雨冲刷得既寒冷，又扭曲。这场景很像多年以后我们一起看的卡通片《秒速5厘米》中的情形。那个因想念一个转学远去的女同学而在雪夜中坐火车狂奔，并被一次次的晚点信息搅扰得心烦意乱的少年，其实就是我的化身，只是，与他不一样的是，他独坐在空旷而寂静的车厢里，任由车窗外路灯的影子在他脸上辉映着落寞与诗意；而我，却是在人口密集如罐头，抬头是人，低头是脚，满鼻都是烟味和汗味的车厢里，地上的泥水，如心情一般湿滑而纷乱，一切都乱糟糟的。

在这纷乱中，我迷迷糊糊地睡着了，再次醒来时，天色已明，车窗外，是陌生的重庆，满山遍野的房子，如海一般让人迷茫。

在火车站，我问了至少十人，终于找到开往目的地的公交车，这里离我要去的大坪并不远。我下车后，又一路打听着来到她的新学校，不敢进学校去问，只敢在校门口蹲守。我想，中午放学，她应该出来的，从第一个等到最后一个，总能等到她的。

但从第一个等到最后一个，她却并没有出现。一打听才知道，有很多学生是在学校吃午饭，像她这种即将高考的学生，完全可能在学校吃饭。

又数着秒等到下午。这种等待是令人煎熬的，此前我体会过，但从没像今天这么强烈，它不仅熬你的耐性，更熬你的注意力，就像钓鱼人在等待一条难钓的鱼，稍一分心，前功尽弃。

终于等到下午放学的最后一个学生，但她仍没有出来。向旁边已混成熟人的小贩打听，她说，学校还有个后门，往西边的同学都走那边。

我的头像被人敲了一棒，差点儿昏过去。

也许，难度的提升，就是为了结果的美妙，这道理和解题一样。

这样的自我安慰，使我有信心再坚持住，并在离学校后门不远的屋檐下受了一晚的冻，当晚，只敢花七角二分钱吃了碗小面。

当我再次碰到幸子时，已是第三天的下午，其间，我在她们学校的前门和后门轮流蹲守，渴了，喝口自来水，饿了，吃碗小面。就在我用口袋里最后一碗面钱买完面吃掉之后，老天可怜，我终于看到她熟悉的背影……

那时，我已三天没洗脸了。当我蓬头垢面地冲到她面前时，她惊诧的表情，肯定以为我已改行当了乞丐。

我说："真巧啊！"像以往N个上学和放学路上的邂逅。

她也说："真巧啊！"像是受到突如其来的惊吓。

我还想说点儿什么，但忍不住鼻子一酸，眼前的世界变得模糊。

来之前所有的想象都变成了浮云，赶在眼泪落下之前，我把礼物塞到她手上，逃命似的跑了。嘴里说："我是跟我爸来出差的，想不到在这里碰到你，我走了，车在等我呢……"

这句没有人相信的谎话，是我对她说的最后一句话。那天，我跑到车站，并爬上去成都方向的货车，饿了一整夜，跌跌撞撞地回到家里。

去重庆读大学的愿望，因成绩的关系最终没有实现。不知道是因为那天我的样子实在太糗，还是因为后来新电视剧为我带来了别的偶像。总之，从那天之后，我就再没见过她。

我用切肤的痛，明白一个道理：世界上有很多邂逅，其实就是一场处心积虑的等待。而这等待，对被等待者来说，没有多少意义。

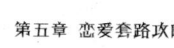
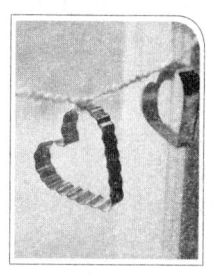

千回百转中，

////// 请学会告别

文 / 韦娜

— 1 —

三年前，我们去飞机场送阿彪出国，正值他意气风发时。

那时，在阿彪心中，最重要的事情就是去美国留学，然后留在那里。阿彪潇洒地离开了，牺牲了本已安排好的工作，留下了一个相恋多年的女友，乔哭着说，要等他。

阿彪摇摇头，对乔说："别等我，一切都不值得！"

乔最终止住了泪水："那也不一定，等着等着，我们都会变。"

阿彪却坚定地说："我不会变，去爱一个可以给你未来的人吧！"

乔忍住泪水："我不在乎，我只在乎你。"

那个场面对乔来说，一定残忍极了。

— 2 —

到了美国，阿彪经常在朋友圈分享他在美国的所见所闻所得，他本不是爱炫耀的人，但他心中的喜悦却穿透了大半个地球，一直传达到了我们身边，让人心生妒忌。

这种喜悦和骄傲刚刚成为我们的榜样时，我们正期待阿彪且有下文时，他却变得很沉默，不再发任何动态，也不再分享精彩生活。

我问了乔才得知，阿彪病了，红斑狼疮，绝望到想放弃。

那段时间，乔一直站在阿彪的身边，每当他想放弃留学回国时，她都会激励他："那时你拼命而光荣地考了出去，难道就是为了今天狼狈地回来吗？"

乔告诉我，以前与阿彪恋爱时，她整日沉浸在幸福的幻觉中，从未想过自己的人生之路。这次失恋，被伤害，被拒绝，她似乎一夜长大，想了许多，清醒了许多。

终于，在乔无怨无悔的付出中，她迎来了阿彪的顺利毕业。最终，阿彪还是回国了，当所有人都以为乔会和阿彪和好，他们却彼此心照不宣地做了朋友。

越来越优秀的乔，果然越走越远，她后来去了香港工作，并在那里找到了心爱的人，结婚生子，从此过上了幸福的生活。

– 3 –

我想到了一个很优秀的配音演员所说的故事。

高二时，她曾喜欢过一个品学兼优的男孩。那年，她总是默默地跟在他身后，只是为了引起他的注意。

高三那年，他牵起了另一个女生的手，伤透了她的心。每当她的眼泪夺眶而出时，她总是会拿着一本书，跑到操场上朗读英文。开始，她一边读一边流泪，为了集中注意力，她只好拼命地大声朗读。后来，她逐渐进入角色，并爱上了这琅琅读书声。

那年，她如愿考上了他梦寐以求的大学，他却名落孙山，只读了一所技校的汽修专业。

多年后，当高中同学再聚会，她看到远处走来一个胖胖的男人，皮肤黝黑，满身油味，眼神中早已没了当年的灵气，只留下了生活蹉跎的失望。是谁改变了这一切，又是谁安排了这样的久别重逢？他并未认出她，她却一如当初叫出了他的名字……

"回忆里的人是不能去见的。"她苦笑，"现实真的会打碎你的幻觉。当美好与期待落地时，除了失望，我似乎一无所有。"

"但你还是要感谢他。若不是因此，怎会爱上朗读，怎会成为如此出色的配音演员？"我安慰。

是谁说过，爱就是作茧自缚。难能可贵的是，一些人总能从好或不好的感情中汲取力量，走出束缚。再回首，一切或许是空，回忆或许会碎成一地，但我们依然会感谢当年那个勇敢而决然的自己，一步步走过痛心疾首的时光，迈向愈加完美的自己。

所有的改变，都在无声蔓延。所有我们觉得难以忘怀的人或事，在时光中，也会慢慢释怀。

在千回百转中，时光让我们学会告别。

其实 \\\\\\
我知道你喜欢我

文 / 花开不败

那天闲来无事，一边看电影一边和江子辰在网上有一搭没一搭地聊天。彼时，他在苏州，我在上海。聊起最近看的一本书，仿佛一下子触及了他的心事，屏幕那头的他突然沉默下来。

对话框里显示了很久的"正在输入"后，才在对话框里看到他敲出来的一行字：我谈恋爱了，你相信吗？

我装作若无其事地回他：恭喜啊。

随后又看到他敲出：其实你不知道，那个时候，我一个人默默地喜欢了你很久……

我突然不知道该说什么好，和他有关的青春年少的记忆一下子扑面而来。在关掉对话框前，我敲出几个字：其实，我都知道的。谢谢你，江子辰。

我是在高一的时候遇到江子辰的。

中考那年，我的语文考了140分，所以我非常幸运地以压线的分数进了这所重点中学。这远远超出我的预期，整个暑假，我都沉浸在喜悦的气氛里。

江子辰是那种成绩好得令人发指的男生，他站在学校的大礼堂和大家分享心得的时候，我正在台下捧着一本毛姆的书看得起劲。

江子辰最拿手的科目是物理，每次从老师嘴里报出来的分数，让我忍不住好奇，他怎么可以把这么奇怪的一门课程，毫不费力地就学得这么好？

仔细回想起来，我们似乎并没有太多的交集。唯一记得的是有一次要赶着交物理作业，当时整个教室没剩下几个人，环顾四周，我发现也就江子辰的作业才具备抄的价值。

我走过去，态度极其诚恳地说："帅哥，物理作业借一下呗。"江子辰显然没有意识到我会去找他借作业本，在这之前，我们几乎没有单独说过话。这个看起来高高大大的男生，居然在抬头的那一刻脸红了。

他给我找作业本的时候，还不小心打翻了桌子上的水杯。这样的江子辰，让我忍不住笑出了声。他却越发紧张，将作业本递给我的时候，没有说一句话。

大概是从那时候开始，我就注意起这个有些奇怪的男生。偶尔他的眼神越过中间的几排座位飘过来的时候，正好碰上我抬起头，他就慌忙地躲闪开来。

女孩子的第六感觉让我确定，江子辰喜欢我。

高二那年，我留在了文科班，江子辰去了理科班。偶尔在校园里碰到，江子辰眼神里的那片温柔，浓得我只想落荒而逃。

那时候的我，其实都不知道自己有什么值得别人喜欢的。除了能写得一手漂亮的文章，我站在女生堆里，很难出彩。所以我想一定是我自己小说看多了，才会自作多情地以为江子辰喜欢我。

　　直到读大学的那年，有天我突然收到一个陌生号码的短信，对方说：你好，我是江子辰的室友，他老是跟我们提起你，却没勇气表白，所以我来替他偷偷告诉你，他很喜欢你哦。

　　后来，江子辰加了我的QQ。我们聊了很多，可他从未开口说喜欢我。大三的时候，我有了男朋友。江子辰知道后，消失了一段时间。

　　再来找我的时候，他像什么也没发生似的和我说话。然后我们又隔三岔五地聊天，如往常那样。我以为江子辰会把喜欢我的这件事情掩埋在时光里，没想到他会在这个夜晚说出来。

　　其实江子辰不知道，我是发自内心地感激他，感激他在最美好的岁月里喜欢并不美好的我。被人喜欢总归是件幸福的事情，何况是优秀如江子辰这般的男生。

　　虽然也许我从来没有喜欢过他，甚至我到现在也没想明白他为什么会喜欢我。可这样的江子辰，还是温暖了我年少轻狂的青春时光。

////// 七月桑桑

文 / 玻璃镇纸

— 1 —

桑桑将一个纸盒递给苏木，苏木淡淡接过。打开，里面是两条小蚕。7月里的小蚕已经有了白白嫩嫩的模样，桑桑说，这两条送你。

事情始于两个星期前，语文老师突然心血来潮布置了一道暑假作业，让每个人交一篇养蚕日记。当然，老师曾偷偷把苏木叫到一边告诉他，这道作业对苏木这样成绩优秀的学生是可以免除的。

苏木笑，他是个早熟的孩子，十六七岁的年纪已经能明白老师的良苦用心了。

而现在，桑桑执意要将那两条蚕塞进苏木的怀里。桑桑说："这是我精心挑选出来的，最壮的两条哦。"苏木皱了皱眉头，他不喜欢桑桑，桑桑讲话的时候会不自觉地将头稍稍抬起，从苏木的角度看过去，那嘴角显得有些轻佻，苏木始终觉得这般神情很是倨傲。

果然，桑桑再度开口说的话让苏木瞬间握紧了拳头，桑桑说：

"苏木，我知道你家穷，所以特地多买了一份来送你。"

桑桑说的是事实，对苏木来说用5毛钱购买两条蚕的确已经算是一件奢侈的事了，平日里，每一个5毛钱的花销他都需要反复地斟酌一番，这是他的隐晦，而现在桑桑让那些小心地蛰伏于心底的东西一下子暴露于光天化日之下，苏木只能咬着牙。在这一刻，苏木对桑桑是有恨的，即使他知道桑桑是无心的。

苏木捏着盒子机械地转身，刚走了几步，突然又被桑桑截住了去路，桑桑在书包里一阵倒腾，找出一大包桑叶。接着不由分说地把苏木拖到了树荫底下，打开塑料袋认真地分着桑叶，你一片，我一片……

- 2 -

整个暑假，苏木都和那两条小蚕在一起，看着它们日渐壮硕，结茧，化蝶，产子。苏木将它们每一天的变化都做了记录，苏木觉得和生命联系在一起的夏天总是意义非凡的。苏木的日记将一场培养耐心和爱心的活动推到了关乎生命和思考人生意义的高度，所以那个胖胖的语文老师无比欣慰地说："苏木，你真的是我教过的学生中最为优秀的。"

来年，苏木果然不负众望以全校最高分考进了一所重点大学。

那所大学有一个著名的湖叫作未名湖，著名却又叫未名，想来有些好笑，而此时苏木正低着头踩着泛青的石级将那段短短的道路走得异常虔诚。苏木从来都是知道的，连5毛钱都要计划着使用的家庭是供不起他读任何一所大学的。7月里，去那所学校走一遭便成了苏木心心念念要完成的一场仪式。

然而，一个月后班主任居然给他带来了一个天大的好消息，有一家大公司决定资助3名贫困大学生，苏木的名字也在其中。

关于这场捐助，各家电视台出动了好些记者。主席台上，苏木远远看见坐得端端正正的桑桑，她朝苏木眨眨眼睛，一副熟稔的模样。

理着平头的企业家在一干人等的簇拥下匆匆赶来，在见到桑桑的时候露出一丝宠溺的笑容，他清了清嗓子说："今天是为了庆祝我的宝贝女儿考进重点大学，所以特地选择以这样别开生面的方式来作为纪念。"

人群里闹哄哄的，混乱中未及细想的苏木也被推上了主席台，然后桑桑将一个包着助学金的红包递给他。于是，苏木无端地想起了那年夏天，桑桑硬是要将那两条小蚕塞进他怀里的夏天。苏木不明白，为什么他们的交集总是处在两手交付的那个时刻，7月的灼热蒸腾的阳光让她的授与他的受皆变得重若千斤。

– 3 –

桑桑和苏木考在同一所大学，却不是同一个系。苏木被同系的一个女生追，那个女生有着圆圆的脸和笑起来弯弯的眉眼，见到苏木时总是显得有些扭捏，害羞时常现出欲言又止的样子。苏木本是不喜欢这些的，只是那天桑桑来找苏木，苏木便一把拉过了那女孩子，苏木说："桑桑，这是我女朋友。"

不过这场始于莫名其妙的感情很快就结束了，短短3个星期，让苏木觉得有些错愕和迅雷不及掩耳。女孩子说："苏木，对不起，我实在是没办法，我爸爸公司的周转要靠桑桑父亲帮忙。"

苏木转身，看到立于人后的桑桑。彼时的桑桑已经出落成越发出众的女子，从人前走过便能激起眼底的那片华光，唯有苏木对其还能视而不见。

关于那个女朋友的片段，仿佛是一场闹剧，被两个人齐齐剪去。苏木和桑桑的关系似乎又恢复到17岁那年夏天，她自说自话，他任由她自说自话，她骄纵，他骄傲。

苏木拿到一等奖学金的那天接到父亲的电话，父亲说："你妈的病又有反复了。"苏木收拾东西准备赶回去，桑桑坚持一定要跟去。苏木随她，他已经无心再坚持与她有关的那份坚持了。

苏木家很穷，用家徒四壁来形容一点儿也不为过，苏木的父亲搓着手让桑桑坐在家里唯一一只不瘸腿的凳子上。院子里飞起一只鸡直直地扑向桑桑，桑桑吓得跳了起来，而苏木只是僵直身子冷冷地立于一边。

从苏木家回校后，桑桑便再也没有说过一句话。

面对如此贫瘠的景象，那个骄纵的女孩子终于还是害怕了。

- 4 -

有时候苏木会奇怪，为什么他的那些好运，总是会或多或少地和桑桑牵扯在一起，比如今天，桑桑那个赫赫有名的企业家父亲从百忙之中亲自拨冗来找他了。他递上一张10万元的支票说："桑桑要出国了，你只要保证以后永远不要联系她，就可以将这张支票拿走。"

苏木看了看，再看了看，随之将其小心翼翼地揣在口袋里。

桑桑走的那天，苏木的母亲正在医院里进行心脏搭桥手术，有了10万块钱很多事便都可以就此不同了。他可以有一个健康的母亲，一个完整的家，还有一段没有桑桑纠缠和骚扰的安稳的大学时光。

苏木的大学4年过得的确稳妥，努力学习力争上游。4年里他再没有谈过女朋友。

知道事实真相已是多年以后。

原来那个精明的商人用10万块钱买下的是两个人的承诺。对于桑桑，只有她答应出国留学，苏木才能拿到那笔用于母亲手术的救命钱。

让人感到悲哀的，是当事实真相揭开的时候，长大后的他们已经能够拥有足够的担待，甚至还能怀着从容的笑意。桑桑挽着她的未婚夫，温婉淡定，全无少年时的痴狂，而苏木只是这样地笑着，至于云淡风轻里，是否有些悲凉，外人已是无从知晓。

苏木回想起桑桑父亲的那些话，终于明白他们无法在一起，真是缘于他的不够好。那年的他还不够好，配不上对他那么好、那么好的桑桑。只是谁又能懂少年时，他以那般倔强的姿态立于她的面前，怎么能说不是因为一份最初的在意呢。

后来，苏木听到一首很老的歌，却硬是将那首歌听得百转千回：有人问我你究竟是哪里好，这么多年还忘不了，春风再美也比不上你的笑，没有见过你的人怎会明了……

眼前一片模糊，17岁的夏天，那些往事茕茕孑立。

她曾 \\\\\\

赠我云与月

文 / 张翔

　　他和她是大学同学，上大学的时候便恋爱了，直到大学毕业，两个人的感情一直很好。学校有公费留学的名额，因为他学习好，就给了他。他出生在农村，家里贫穷，能有这样的好事，简直是上天厚爱，他欣然接受了。她为他高兴，虽然心有不舍，但是也极力支持。知道他没有生活费，于是她就求母亲把仅剩的两万块钱的积蓄拿出来给了他。彼时，她的母亲刚和父亲离异，对所剩的积蓄依赖性很强，她为了说服母亲曾下了很大的功夫，母亲才答应拿出来。那时，她与母亲都认定，他必定和她们是一家人了。当然，他也信誓旦旦，无论外面多么繁花似锦，此生只爱她一个。

　　后来的日子，爱情是他们唯一的希望和支撑，他在英国学习的日子过得很苦，为了能完成学业，他什么活都干过。她在气象局工作，每日都与风云雨雪打交道。于是，他感到孤独、疲惫和悲怆的时候，便仰望长空，白天是云，晚上是月，都沾染着他的相思，于是诗情画意就填满他的胸膛，他想，这云与月也该飘在她的头顶吧。想到这里，他的内心便有一股力量缓缓生出。

在英国的日子，也有一个英国的女同学喜欢他。观察他也是入木三分，细细地发现他有仰望长空的习惯，趁着他生日的时候居然送了他一台天文望远镜。他接受了，却意味深长地给女同学讲了关于他与她的故事。女同学居然感动得稀里哗啦，丢下一箩筐的祝福，从此识趣地走开了。他在信上说起这件事时，她捧着信哭了。后来的信里，关于云月的景致自然就融入了信纸里，成了他们浪漫爱情的背景。

他就是靠这份云与月的牵挂，度过了五个春夏秋冬。直到他今年毕业，顺利地进了一家大公司上班，他才带着满腔的爱情回来。他心里的想法只有一个，带她走，走进幸福的未来。

他回来，她自然要去接。只是去接的时候，她身边多了一个憨厚的男人。男人是坚持要去的，因为女人已经有了身孕。他见到她的时候，错愕得像个傻子，简直无法相认，却又不得不认——她居然早已结婚了！

三个人尴尬地坐在机场大巴上，无人言语，只有他双眼通红。到市里的时候，那个憨厚的男人叮嘱了一番，终于还是主动走开了。在饭店里，只有他和她了。他没有问一句话，因为他不知道该从什么地方问起。倒是她强装笑颜地说："我结婚一年多了，对不起，一直没有告诉你，怕影响你读书。"

他的怒火在心里燃烧，脸痛苦地扭曲着，大声咆哮道："为什么？为什么欺骗我，欺骗了这么久？"

她吓得浑身一颤抖，靠近他，用手亲切地搭着他的肩膀，辛酸地说："对不起，那年你走后不久，我妈就生了大病，借了很多钱，磨掉了我所有的精力，我扛了两年，实在扛不住了，都要绝望了。还好，碰上了他，就嫁了。请你一定要理解我……"

他听完这番话，紧绷的脸终于松懈下来，顿时双手捧脸，失声痛哭……

那一晚，他与她的对话稀稀碎碎，沉默成了最多的语言。

直到夜深，她起身离去，还对他说："你一定要原谅我。"

他依然沉默，那沉默幽远得像夜空那轮朦胧的月。

今夜，月依然朦胧，坐在对面的他依然沉默，只是脸上却浮着一种轻松。作为同学的我试着问他："你这么急着回去，是不是因为不想见到她了？你还恨她吗？"

他微笑着摇头说："不，我不恨了。我为什么要恨她呢？"

我又问："她辜负了你，欺骗了你这么久，难道你对她就没有一点儿恨意吗？"

他说："你看我脸上写着恨字吗？没有！一点儿都没有。我反而很感激她，是她支撑我走过了人生最困难的阶段。"

我追问道："可是，你这么爱她，她却把爱情给了别人啊！"

这时，他双手合十，沉默了一会儿，然后微笑着说："是啊！这些年，她虽然把爱情给了别人，可是，她每一次抬头的时候，都给了我满天的云和月啊！这些年，她的爱不是也一直包围着我吗？"

对不起，

青春

文 / 北方

那个男生总是单手插兜，站在教室的窗边时，金灿灿的阳光总会洒满脸庞，偶尔耸耸肩，一副什么也不在乎的表情。

像所有十六七岁的女孩子一样，在看见他的一刹那，她便不由自主地心动了。

后来她打听到，他喜欢收藏邮票，于是买了好多，各种样式的都有，常常放在手中仔细地摩挲，幻想着有一天这枚自己接触过的邮票能被他触碰。但也只是想想而已，她迟迟没敢送出去，站在他身边已经是一种奢侈了，她不敢追寻更多。当月考成绩出来的时候，他的名字出现在全校前几名的位置——她觉得自己离他又远了一大截。

于是她开始拼命地学习，正如所有青春里的痴情人一样，在室友呼吸均匀的时候，自己却猫在被窝里，打着手电如同小偷一般地做令人头昏脑涨的物理题。学累了，就想一想他。困了，就骂自己。委屈了，就自己抽泣一会儿。

那一天她学到了凌晨，总觉得他在叫自己的名字，虽然知道是幻觉，却还是蹑手蹑脚地起来，看着窗外发呆，看着太阳慢慢出来，她第一次知道等待的滋味多么煎熬，就像耗尽了整个生命。

她也开始研究邮票，其实以前从来不知道原来邮票有那么深厚的历史，竟然有那么多讲究，脸贴着屏幕不敢有一丝怠慢，这就是他喜欢的东西啊。久而久之，室友都开始避开她，因为她睡得越来越晚，越来越孤僻，不是捧着物理题就是盯着手机屏幕，要么就是在班级里偷偷摸摸而又害羞地用眼神追逐某一个人。前两样室友不一定能看明白，但是最后一种举动，是人都看得出来，是因为那个帅哥。

某一日，她正要上厕所，在操场上走着，却突然被人拖进厕所与墙壁之间的夹角里。面前站着学校的女老大，她一把拽起她的辫子，然后暴怒地将她推倒在地："你什么意思？"

"我……怎么了？"她被无来由的质问吓了一跳，眼泪马上奔涌而出。

"你怎么了？你整天盯着他看，你什么意思你！别以为我不知道你那点儿小心思，你课桌里有他最喜欢的邮票！是不是他给的？"她摇着头说不是，却印证了她喜欢他，于是对面的人抡起拳头便开始打。

她蜷在角落里，是那么无助，只能任凭身上的疼痛蔓延到心里。最后自己鼻青脸肿地回到宿舍，也没有人敢关心，因为关心她就是和那个女生过不去。她一头栽倒在小床上，痛哭起来。

从那以后，她没有停止喜欢他，只是比以往更加谨慎了。那些邮票被那个女老大给扔了，不过自己可以再买——即使她不会送出去。

自己就是那么卑微，连送出邮票的勇气都没有，毕竟他那么完美啊。他几乎不用努力就可以为班级争光，可是自己即使废寝忘食地学，也只能保持班级中游的成绩；他笑起来永远那么好看，可是自己的脸上布满雀斑；他举手投足都那么酷，可是自己笨拙得像一个傻子；他永远是班级里的焦点，可是自己那么默默无闻。

直到毕业，她也没有把邮票送出去，剩下的只是一场又一场盛大的臆想而已。床下慢慢积攒了四大盒邮票，不知道该何去何从。只是有的时候，活累了，便会拿出来看一看，好像那个少年还在自己身边。

那些年华，无论是什么样子，无论有多少瑕疵与遗憾，都会被人铭记。因为在那个年纪遇见令自己心动的人，并且竭尽全力地、默默地爱过了，便是一个普通人的最美的经历。

而她面对转瞬即逝的岁月，只能叹一口气：对不起，青春，我曾那么怯弱而平凡。

第六章
你是这世界写给我的情书

不管这世界待我如何，给我疾病、难过、失落，但它终究是让我遇见了你。

宗宗的
////// 爱情

文 / 七薇

"我活成了他喜欢的样子，可他还是不喜欢我。"

最后，宗宗这样说。

那晚，我们坐在人民路的小酒馆里，要了两瓶桃花酿，一杯酒下肚，宗宗给我们讲她的爱情。

宗宗是东北姑娘，一米六八的个子，一张大气漂亮的脸庞，大眼睛，头发高高地绑个马尾巴，露出光洁的额头，二十岁出头的青春真是逼人，加上直爽开朗的性情，很难不让人喜欢。我们都认为她应该是学校里很多人追的那种女神级别的美女，可她苦涩地笑了，说："我暗恋一个人很多年，做了很多傻事，努力很多，付出很多，可他怎么都不喜欢我。"

是怎么开始的呢？她说："说起来蛮莫名其妙的，是别人说他喜欢我，听到几次，我就慢慢开始关注他了。"

她真正对那个男孩子由关注变作心动，是因为他的一次维护。这不是她的初恋，却是第一次真正意义上的爱情，这段长达四年的暗恋中，她为他做过的事情，在此之前，没有做过，在此之后，她很肯定地说，也不会再做。

"那些年，他喜欢过很多女孩子，一会儿是欧美风格穿衣打扮的女生，一会儿是韩系甜美风，一会儿又是日系可爱风。那阵子，是我买衣服最频繁最多的日子，我的衣柜里，有欧美风、韩风、日风、棉麻风，都是他喜欢的女孩子的风格，没有一种是我自己喜欢的。他换一个女孩，我就换一种风格，我甚至根本不知道自己适合穿什么样的衣服。"

她翻遍了他的QQ空间、微博、微信、人人网，去看他每天的心情动态，去关注他关注的所有人。

"我们关系很近，却只限于朋友。我后来成为最了解他的人，他心情不好不用任何表示，我都知道。我不会安慰人，就收集一堆笑话讲给他听。有阵子，我觉得自己都变成了笑话大全。"宗宗说着，又开了一瓶酒。

"他不知道我的感情吗？不，他当然知道，他只是假装不知道而已。这样的爱累不累？当然。我也有过想要放弃的时候，但放不下。"

他毕业后，他们有很长一段时间没有见面，他回到了他的老家工作。有一次她外出旅行，为了见他一面，特意从他所在的城市转机。他答应她来接机的，可她下了飞机，等了许久，他都没有如约而来。那晚下着大雨，她独自打车在这座陌生的城市找酒店住下来，蒙着被子哭。在深夜才接到他的电话，他喝醉了，没有说抱歉，只顾着说自己难受，让她买水给他送去。她委屈得直掉眼泪，可还是爬起来，冒着雨打车前往，买了酸奶带去给他解酒。见到他的瞬间，他拥抱了她一下，这个傻傻的姑娘，竟然一下子就原谅了他。

我问她："爱得这么拼命，这么累，又没有结果，值得吗？"

她非常肯定地点头："值得，我现在依旧觉得，喜欢他，是我大学时做过的最好的事。"她说，"你知道吗？现在的我，不再是从前那个傻傻的他换一个女孩我就换一种穿衣风格的我了。我拥有自己的风格，我学会了打扮自己，我热爱旅行，变得开朗，交到很多志趣相投的好朋友。因为想要努力跟上他的脚步，我让自己变得优秀。我喜欢现在的自己。"

"虽然没有得到期待的结果，但是，对我来说，这依旧是一段好的爱情。"她说。

我心有戚戚，虽然故事不同，但宗宗做过的很多傻事，我自己在青春期，或多或少，也曾做过。

我想不止我，很多女孩都曾做过。

一开始 \\\\\\
也仅仅想知道你的名字

文／姓氏乔

- 1 -

我们管方智诚叫大傻。大傻身高一米七八，为人天真善良，略微内向。他的生活除了吃饭、睡觉，就是祝眉。没错，祝眉是他在家乡的女朋友。大学四年我没见过祝眉，但我知道大傻对祝眉很好。好到令人发指。

大傻成绩不错，于是跑去做家教，一个月挣两千五百块。那些钱他有两个用途。一是买火车票，坐二十个小时回家乡看祝眉。二是把余下的拿给祝眉用。

有一次他坐火车"轰隆轰隆"回去了，第二天晚上就回来了，蓬头垢面的，眼里全是血丝。我说："谁折磨你了？整得这么憔悴。"大傻说："下了火车见了祝眉，在一起待了两小时，赶时间又回来了，火车上没睡好。"

从那时起，我就决定叫他大傻，这个名字跟了他四年。

- 2 -

大学二年级的时候，有个女生追大傻。每天中午准时给大傻送饭，她饭做得很好吃，荤素搭配，有滋有味，我们一个寝室都艳羡无边。大傻总是推托："不好意思，同学，我不要，我女朋友知道了会不高兴的。"女生啥也听不进，把饭往大傻怀里一搁，然后"刺溜"一下子就跑了，大傻抱着饭，也不忍心不吃，说是不能浪费粮食。后来我就每天见他从自己宝贵的工资里挪出十块钱，当作饭钱，准备日后一并还给女同学。

我觉得大傻油盐不进，劝他："要是有个人能天天给我送饭，我早就从了。"大傻摇摇头："祝眉做的饭更好吃。"我说："远水解不了近渴，这个女同学也挺好的，你不如试试看嘛。"大傻很生气，他说："我不喜欢，我只喜欢祝眉。"我想，死心眼，祝眉都不来看你，就你成天自作多情。女同学送了一个月的饭，后来有一天晚上，找了一堆人围住宿舍楼，在楼下喊大傻的名字。

大傻难为情地下了楼，女同学说："方智诚，我喜欢你。"大傻从兜里掏出三百块钱塞在女同学手里，支支吾吾道："感谢你给我送了这么多天的饭，这是饭钱，真的谢谢你了，还有，对不起。"众人唏嘘不已，女同学哭了，从此以后大傻被黑得很惨。

她说他忘恩负义，说他不解风情。我也有点儿生气，但一想大傻那是真傻，也不能怪他，就继续和他和和气气相处下去了。

- 3 -

我把大傻和这个女生的故事写成了小说，一个月之后这个小说刊登在了一本小杂志上，我还拿到了一点儿稿费，骄傲得不行。

我请大傻吃酱香大排骨，大傻啃得津津有味。酒过三巡，我跟大傻都有点儿醉了。大傻脸蛋红扑扑的，还在津津有味地吃排骨。

我问他："大傻，你说，你喜欢祝眉啥啊？"大傻眼睛里闪过一丝光彩，他说："我们祝眉可好了，祝眉特别善良。"我问："就善良？"大傻说："你不知道，祝眉又善良又勇敢。我们那个村子里，以前有一条小河，大家夏天都爱在里边儿游泳。有一次一个小孩儿溺水啦，祝眉正好在岸边，'扑通'一声就跳水里了，把人给救了上来，但是祝眉自己体力不支游不上来了。"

我紧张地问："那怎么办？"大傻笑笑说："幸好旁边又来一个人，把祝眉也救上来了。但是祝眉呛了好多水，半天没醒过来。后来祝眉就成了我们全村人的骄傲。"

"这还真挺骄傲的，"我接着问，"你是因为这个喜欢她的吗？"大傻摇摇头，"很早很早之前，我就喜欢她了。她做了这件事，我就更喜欢她了。"大傻后来喝太多了，被我强行扛回去，一路上还念念有词："祝眉，祝眉。"我那时候挺羡慕大傻，喜欢一个人喜欢得很单纯。

- 4 -

后来有一次大傻出了点儿小意外。他做家教的必经之路那段时间在修整，那天下了大雨，大傻打着伞匆匆而行，一不小心踩进了坑里。脚崴着了，打电话叫我去接他，我把他背到了附近医院。医生说伤筋动骨一百天，要大傻好好回去休养。

大傻打电话给祝眉，毫不隐瞒就说自己脚崴了，他本来没啥心思就是顺口一说，没想到祝眉好像急坏了，我就听见大傻一个劲儿安慰她，说"没关系的没关系，别哭别哭"。

挂了电话大傻笑了，自言自语："都说是小伤了还担心。"隔了两天我收到一条短信，是祝眉发来的，说给大傻寄了一些家乡的药酒，麻烦我到时候帮忙收一下快递，也谢谢我能照顾他。我那时第一次觉得，大傻的女朋友还是挺好的，挺关心他。但我还是不太喜欢祝眉。

大傻每个月给她寄钱，常常去看她，她连一个晚上也不留人家住，让大傻一个人熬夜赶回来。然而一直到毕业，大傻也没觉得这个恋爱谈得冤枉。大傻欢天喜地，私下里跟我说，他要回去和祝眉结婚了，然后在家乡找份工作，就这么幸幸福福地生活下去。我有大志向，我要留在北京，我跟大傻说："我不要过一般人的生活。"

- 5 -

毕业酒那天我们喝了很多，我很疯狂，大傻也很疯狂。大家兄弟一场，我其实很舍不得大傻。我拍着大傻的肩膀："傻子，你以后工作了，还是要自己存一点儿钱，不要什么都拿给祝眉，知道不？"大傻乐呵呵："不怕不怕，我的就是祝眉的。"我笑："命也是她的呀？"大傻一愣，特别诚恳地说："命也是她的。"我觉得大傻一根筋，不指点他了，合计着换个话题。

我说："大傻，你是不是从来没给我看过祝眉的照片啊？"大傻点点头，一边翻出手机，一边嘟哝着："一般人我也不给他看。"然后不一般的我，第一次看见了祝眉。原来祝眉长得这么好看，穿着红色的棉袄，站在大雪里，眼睛看着别的地方。大傻继续翻，是一张祝眉坐在椅子上，看着前方的照片。这张祝眉拍得挺不走心，根本没在看镜头。大傻却不继续划拉了，看了这张照片很久，忽然他说："张磊，你知道为什么祝眉不来看我吗？"他指着祝眉的眼睛："你看，她失明啦。"我愣在原地。

大傻说完就哭了，眼泪扑簌扑簌地掉下来，他说："张磊，我对不起她。以前她跳水救的那个小孩儿就是我，那时候她也是个小姑娘。后来她在水里不知怎么了，眼睛感染了，再也看不见了。"大傻捧着脸哭个没完，"我很早很早就喜欢她啦，我好对不起她，"过了一会儿收拾了一下情绪，他信誓旦旦地抬起头，"真好，现在我能回去娶她了。"

我跟着红了眼眶，原来大傻，一点儿也不傻。

- 6 -

两个月后，我收到大傻的请帖，要我去参加他的婚礼。大傻给我打电话，乐不可支，说自己修了新房子。其实是祝眉修的。他上大学时，给祝眉送去的那些零花钱，祝眉一分也没花。一年存两万元，四年存了八万元，家里再添上些钱，买了些家具，也就凑成了一个家。

大傻给我发来一张照片，窗明几净，春暖花开。大傻说："我查啦，从北京飞过来的机票，来回一千四，你就只管过来，我给你报销！"他说得理直气壮，我知道，他真的很高兴。但我没答应，我想坐火车，二十个小时，看看以前大傻都看的是什么风景。沿途好看得出乎我意料，大片大片的田野，成座成座的山，心里舒畅得很。我想，这条路大傻走了百十来遍，原来没看腻也是有原因的。

到站了，他带着祝眉来接我，我第一次见了祝眉。那个我从前替大傻觉得不值的祝眉，比照片上漂亮好多倍，尤其是那双大眼睛，一点儿也不像失明的人，眼里全是光，光彩夺目。

我拍着大傻的背："恭喜你啊，娶媳妇儿啦。"大傻腰挺得直直的："那是。"祝眉也跟着笑，说："智诚，别寒暄啦，舟车劳顿的，快好好招呼人家去家里坐坐。"我一愣，叫了这么多年大傻，都忘了他原来叫智诚，方智诚。他啊，又聪明，又诚恳。

////// 我的
理工科学霸男友

文 / 温暖小武

　　小说或者电视剧里，别人家的理工男或者学霸男，通常是这样的：清晰绝美的侧颜，映着恰到好处的光线，凝神专注，显得特别性感；走路拉风，有时酷酷地不说话，但显得低调奢华有内涵；只要一开口就特高端，知识广博，让你觉得，即使智商被他碾压，也有种妥妥的幸福感；思维特立独行，给女朋友一个二维码，扫出来就是"I love you"；女朋友喜欢雪花，就用化学方法帮她制雪；自己的所有密码，都是女朋友生日的二进制编码……他们总有别出心裁的浪漫。

　　可是我们家的这一只呢？

- 1 -

　　理工科学霸的智商，在我眼里一向是高破天际的，可是他们理解得了高深玄奥的理论，有时候却对于生活中已经是平铺直叙的暗示理解起来很难。

记得他刚表白之后，很长一段时间里，见了我就紧张，一直离我很远，一点儿亲昵的表示都没有。

我知道一个传说，性感女神玛丽莲·梦露，故意把自己的高跟鞋底部削成不规则的形状，这样走起路来就不稳，于是风摆杨柳，我见犹怜。

东施效颦我还是会的，于是穿了一双恨天高，跟他一起在不平整的石板路上走着，很柔弱地晃来晃去，等他伸手拉我一把。

然后他仔细地看了看我的脚，游标卡尺一般的眼睛上下一量，很认真地说："12.5厘米高的鞋跟，走这路实在是不合适，请你下次换一双鞋。"

每天自习过后，他送我回宿舍。宿舍楼前的灯光总是昏暗浪漫，路灯下只有我们两人。我凝视着他，说："告别时应该做什么呢……"

他傻傻地看着我，我继续暗示："你是不是忘记了什么呢……"

他一拍脑袋回答："我忘记把借你的书还你了！你等等，就在我包里。"

后来好不容易到了冬天，我想，该放大招了，一定要拿那个最经典的段子来暗示他。终有一天，天助我也，起了大风，我就楚楚可怜地看着他，说道："我好冷啊，我真的好冷啊。"

然后，他终于温柔地向我凑过来，在我耳边说了一句让我终生难忘的话："那你就把帽子戴上吧。"

那一刻我懂得了什么叫作风中凌乱。

— 2 —

理工科学霸的思维，好像都很直接、有效率，像是两点间的一条线。所以，他们做事也就非常实在。

每次，导师要带我出差，要收拾衣服时，都是他帮我叠好。薄的衣服，卷成小卷，有规律地排成一列；厚的衣服，一律变成棱角整齐的豆腐块，似乎边长都经过了精确计算。

我感动地说："亲爱的，你真是太好了。"

他温柔地说："这是我应该做的，怎么能让你来叠衣服呢？你那么笨，让你来叠，衣服都要遭难。"

有时，两个人一起出去吃饭，我会逗他，把他的摩托车钥匙藏起来。他问是不是我拿的，我说不是，他就乖乖地在饭店找，搜寻包和衣服，并把经过的路线分成区间，搜查一遍。

最后连我都不好意思，看不下去了，就把钥匙还给他，但他一点儿都不生气，而是憨憨地看着我笑。我问他为什么不生气，他回答："为什么要生气？问题解决了，钥匙找到了，这才是关键。"

这就是理工男，永远带着一种实事求是的客观。不过，他们有时也未免太实在了一点儿……以前，我曾经问过一些追我的男生：到底喜欢我哪一点？

我发现，好些理工科的，说得都特实在。他们不会说"我只爱才华不爱颜"，他们会直截了当地告诉我"内涵固然重要，但他们绝对先看外观"。最初吸引他们的，只是我那些乏善可陈的优点。

"因为你皮肤白啊。"

"睫毛长。"

"穿牛仔裤和靴子，显得腿很好看。"

后来有一天，我突发奇想，就问男友说："你当初为什么喜欢我？"他直率地回答："因为有一天在海边，我看到你在玩儿冲浪，然后就被你吸引了。"我听了之后，一颗小心脏怦怦乱蹦。

虽然我冲浪的技术非常烂，但我还是觉得很幸福：终于有一个人，懂得欣赏我穿梭在浪花间的技巧和勇敢。

这样的话我永远听不够，于是我引导着说："为什么你会被那样的我吸引呢？"

他很诧异地看着我："因为你冲浪时穿着泳装啊。"

- 3 -

有的理工科学霸很高调，我的闺蜜就曾遇到一个。这男生追求她的时候说："我喜欢你，我是GPA（平均成绩点数）全年级第一，我智商是160。"

但我们家这一位就非常低调，他一直不说自己成绩有多好，我们不在同一个学院，所以我也不晓得。直到有一天，有个好朋友告诉我，他拿多高的奖学金，我想起来，从某一天起，男友忽然有了钱的样子，宠溺地带我吃遍各种美食，把我喂得容光焕发。

我终于知道了他是低调的学霸，我身上长的每一斤膘都知道。

不过，男友有时也过于低调，譬如，我给他发消息的时候，他没有什么话，一向回复得很简单："是。""嗯。""哦。""好的。"

直到有一天我实在受不了了，明确地告诉他，我不喜欢他这样。任凭我怎么生气怎么指责，男友都沉默不语，然后就直接出现在我宿舍门前。他认真地背诵出了我跟他说过的所有情话，每一天的话，按照时间排序，他还轻轻地，带着一板一眼的温柔，说出了我们相处的所有细节，说出了我曾给他的所有暗示。

理工科男友，他们是好奇宝宝，想知道一切问题的答案。每次我们逛街的时候，他就会一直说："这个楼为什么这样设计呢？完全不科学啊……"他陪我走进时装店，我拿起一件衣服，问他，好不好看。他却会自言自语地问："这衣服为什么长这样啊？不符合人体工程学和结构力学啊……"

后来有一天，我问："你对生活中，几乎一切事情，都要刨根究底，可是，在感情里，你怎么不问我为什么爱你呢？""因为你就是爱我啊，"他抓着头发笑，"我就是知道你爱我啊。"对，他们是会问个没完，可是，对爱情，却充满简单的信任，格外明确了然。

男友还一直在攒钱，要买某某某某牌的高端耳机，指定某一款。我问："为什么一定要那一款？"他回答："听乐团演奏的时候效果超好，敲三角铁的站在哪个位置你都能听出来。"

理工科思维的精髓之一，就在于从一片繁复的事实中，发现特定细节的那种能力。

"就像，那一天，海边有那么多的女孩子，都穿着泳衣，而我偏偏看到你，喜欢上你。世界上有那么多的男生，我不完美，不尽如人意，可是你却偏偏爱上我，偏偏能受得了跟我在一起。乐团的合奏，是这么繁复，可是，我能注意到三角铁最轻微的声音，就像不管这感情世界多么嘈杂，我也能注意到你对我的好，一点一滴。"

"哦！所以你现在会说甜言蜜语了。"我大为惊叹。他连我喜欢的押韵，都学会了。

"对，理工科最擅长的一点，就是学习。"

爱情，本来就是文理兼收的浪漫专业，若你学文，爱会成为你的奥义，若你学理，爱会变成你的逻辑。

我最厉害的套路 \\\\\\
就是假装不喜欢你

文 / 我走路带风

喜欢上一个人的时候，我就陷入了一个怪圈。

假装自己没那么喜欢对方，假装自己最酷，假装在一段感情里对方的付出比较多。从而让爱情可以称出分量，分几个等份。然后用王昭君的二技能把你的情话冻住。

但生活不是这样的。

有些人就是这样，越喜欢一个人越不想让他知道，紧紧攥着那份自尊。

信誓旦旦地要处于爱情天平的上端，创造一种无形的平衡感、优越感。

我们太要面子，迟迟不愿对离开的人说一句"你回来吧"。我们太想掌握爱情里的主动权，总是能搜索出许多恋爱小套路把握住对方的心。

所以喜欢却死都不肯说，关心却不会讲。

宁愿一个人忍受思念的折磨，也要偷偷站在离你不远的地方偷看你，却不想被你发现。

Echo算是我朋友里最美的一个，我一直想不通为什么这么好看的人也会有感情失败的时候。她是个典型的双子座，每天都在想着如何变得更有趣，这样无可厚非。

但是双子的通病是：爱纠结，以及总想隐藏自己的感情。你能看到的只是冰山的八分之一。

Echo的前男友是个卖潮牌又很会玩的男人，就叫他lan吧。为了能和lan创造更多共同话题，她开起了淘宝店，背着他学设计学文身，甚至连听的歌都是满舒克、Jony J（中国内地嘻哈饶舌男歌手），把自己打扮成了不折不扣的bad girl（坏女孩）。

当然这一切都是背着lan进行的，目的是隐藏自己的感情，满足那份固执的骄傲。

隐藏的爱，就像蓄势的水，总有一天是要爆发的。收敛的爱，就像渐弱的潮，总有一天是要退却的。

可她为他做了这么多，却从来不肯说。Echo不说，lan不懂。时间越久，Echo对lan的控制欲越来越强，不想他去蹦迪，不想他把时间花在陪她以外的事上。反感他身边的任何女性，反感他的冷漠，lan也受不了在她身边咿咿呀呀的朋友。

她找不到感情的重心了，越久越觉得身心疲惫，她假装得太累了。他们进入了所谓的"磨合期"，争吵不断，谈过恋爱的人都知道"磨合期"很有可能是分手的前奏。

假期结束，Echo要求lan到高铁站来接她，lan以工作繁忙脱不开身为由拒绝了，终于，Echo卸下她那些伪装的坚强，眼泪大把大把地掉，对着屏幕那端的他提出分手。

旁观者都知道，Echo身边的男生也很多，优质的备胎也有四五个，但是这一切都是她为了假装自己没有那么喜欢lan而表现出来的"优势"。

"我们是纯纯的爱呢。"从来没有一个男孩子这样体贴温柔地捧着她的脸对她说话。

"你不知道的，端午节我匿名给他妈买了箱粽子准备寄过去，我有多想他。"

Echo申请了一个专门的微博小号和lan对话。她开始了一段新恋情，把恩爱火辣辣地秀在大号，只把一些思念折起来放在小号里。

我好想他回来，但我也不想重蹈覆辙。

想你，想在大逃杀的游戏里干掉你，那你就是我的了。

想你，想吃夜宵，想和你一起吃夜宵。

最喜欢的那个人总不是身边的那个人，跟将就的人在一起连假装甜蜜都很奢侈。

多的是这样的女孩子——

强迫自己假装爱着不爱的人，却假装冷淡深爱的人，把自己的真心裹得像颗洋葱，然而没有人愿意含泪一剥再剥。

不是每个女人都能像曲筱绡一样勇敢直白地表达自己的情感，将大把的时间和爱投放到一个赵医生身上，当然也不是每个男人都有赵启平那么优秀，值得被付出。

爱情起初是场博弈，开始总要用些套路收住对方的心，假装没那么喜欢只是爱情三十六种套路中的初级阶段，久而久之套路就不适用了，感情也不在你的控制范围内了。

维系一段感情，除了套路还有真心。而套路是我学着用来撩你的，想套路你的心也是真的。

不见天日的感情总有见光死的一天，所以爱呢，还不如大声说出来。

//////

喜欢一个人，
自带美图功能

文 / 倪西赟

七七以前并不喜欢照镜子，可现在老是嫌镜子里的自己不够美。以前，她虽然娇小玲珑，但凡事都大大咧咧。可自从与唐九有过那么一次"交集"后，她发现自己不可救药地喜欢上了唐九。

那次交集，是班主任为了在初三进行同学间的互帮互助，破天荒地举办了一次野外拓展活动。拓展有一个项目是过梅花桩。教练告诉大家个高同学和个矮同学交叉组合更容易通过。原本胳膊长腿长的唐九已经组合好了，当看到身材单薄的七七一个人可怜巴巴地站在队尾，唐九柔情大发，自动放弃了与原来同学接手，来到七七面前说："我来牵你的手吧。"唐九的一句漫不经心的"我来牵你的手"就像一阵春风吹过，荡漾了七七情窦初开的心房。

在过梅花桩时，七七有几次差点儿从梅花桩上掉下来，都是唐九施展自己胳膊长腿长的优势，硬生生把七七从梅花桩的边缘上拉回来，而七七看到唐九的身形一会儿变成劈叉，一会儿变得像踩高跷，样子好看得让她走了几次神。

七七开始关注唐九。

同桌锦笙发现了七七的秘密，于是对七七说："你喜欢上唐九了吗？""那当然。"七七并不否认。锦笙说："唐九有什么好？竹竿一个，又不解风情。"七七说："唐九就是好啊，我看着唐九就是有那种感觉。"锦笙说："喜欢一个人的时候，就会把所有的好都集中在他身上，他就有万般的好。"七七说："也许吧，不过喜欢一个人是没办法的事。"

学校要举行一场演讲比赛，每班需要一男一女报名。七七毫不犹豫地报名参加了，因为她知道，唐九的口才不错，肯定要报名的。然而，唐九并没有报名。班主任很不高兴，他对全班同学说："男生没有人报名就抓阄，抓到谁就是谁。"

七七怎么也猜不透唐九为什么不报名，她心中有一点点失落。"唐九自己不报名，我可以给他报名啊！"七七找到班主任说："老师，我可以推荐一个人吗？唐九口才好，胆子大，是我们班男生最佳演讲者！但是老师要帮我保守秘密。""我知道了，你去准备吧。"老师点头同意。

下午上课前，唐九站在讲台上说："哪位同学推荐我去演讲的？你这不是害我吗？"七七听到唐九的话，赶忙将头埋下。

唐九和七七的演讲很成功，并列获得了一等奖。

回到班里，唐九很开心，他站在讲台上对全班同学说："是谁帮我报名的？我要请他吃大餐。"全班男生一起起哄说："是我们帮你报名的，请我们大家一起吃大餐吧。"唐九豪爽地说："今晚校门口好再来饭店，我请全班同学撮一顿。"全班同学顿时欢呼起来。

七七始终不敢正面对唐九说喜欢他。

毕业了，唐九考了一所并不理想的高中，而七七考上了一所名校。之后，七七一直关注唐九的动态，她知道唐九在学校打架了，恋爱了，等等。

一年暑假，锦笙问七七初中同班同学聚会要不要参加，七七说唐九去她就去。

那天，她挨着唐九坐。唐九一直在和其他同学喝酒抽烟讲粗话，并没有和七七说一句话，甚至没看七七一眼。

散场的时候，七七叫住唐九，想和唐九说说话。唐九笑嘻嘻一副赖皮模样，望着七七说："什么事？"七七突然一阵心酸。原来，自己拼命喜欢的一个人竟然对自己一点儿感觉都没有，陌生得像个路人。七七慌乱地说："没事，没事，再见。"唐九说："没事就好，以后再联系哈。"说完，他头也不回地走了。

"喜欢一个人的时候，连眼睛都是自带美图功能的。"望着唐九远去的背影，七七终于放下了自己心中那桩"花事"……

十七岁那年，\\\\\\
以为和他能永远

文 / 绿亦歌

To：十年后的自己

　　我觉得我仿佛经历了整个人生中最漫长的一天。先是被班主任叫到办公室谈话，问我最近是怎么回事。我没有说话，她很有耐心地等了一会儿，见我什么都不肯说，就让人去教室里把他叫来。

　　当我从班主任口中听到他的名字的时候，我就知道完蛋了。他走进办公室，看到我，也愣住了。我们站在办公室里，一起沉默。班主任说，不说话是吧，没关系，这事我得告诉你们父母。然后她出去打电话了，这时候，站在我旁边的他，忽然伸出手，勾了勾我的小拇指。他的手指很温暖，和他十指相扣的那一刻，我一下子觉得自己又浑身都是勇气，什么都不怕了。

　　在办公室里，我第一次见到了他的父母，他们在他身边，和我的父母对立而站。我觉得有些难过，为什么我和他要被分到不同的阵营？

班主任将我们谈恋爱的事情告诉了家长，用一种"小孩子过家家"的语气，她的语气让我觉得受到了羞辱。她分明是在说，不大点儿的孩子，根本没有资格说什么爱不爱。她又不是我们！她凭什么可以嘲笑我们？因为年岁更大，就可以轻易判定别人的人生吗？我不服气！

可让我难过的是，我们的父母也是这样认为的。他们难道就没有年轻过？他们在年轻的时候就没有喜欢过人？我们相互喜欢有什么错？如果我们能保证不影响学习，那他们又有什么理由分开我们？

可是这些话，我一个字都不能说出口，因为妈妈哭了。我看到他愤怒地张嘴，想要辩解，目光交汇的一刹那，我摇了摇头，制止了他。

我被父母带回家，在办公室门口，我们一拨人向左，一拨人向右，他忽然转过头来，很大声地叫了我的名字，他的声音很大，整个办公室的人都听到了。我爸妈尴尬地站在那里，我也很大声地回答，喊了他的名字。夕阳落在我们脸上，我觉得我一生都不会忘记这一幕。

回家之后，爸妈和我谈了很久，说来说去就是让我们分手，甚至在他们看来，用"分手"这个词太小题大做了。我告诉他们，我不会和他分开。他们很生气，威胁我如果我不和他分开，就不让我去上学了。

那天晚上，爸妈睡觉之后，我给他打了一个电话，他接起来，我们对着电话沉默了很久，听着彼此的呼吸，好像什么都不必说了。我当时好想对他说，带我走吧，去哪里都好，远离这个不能理解我们的世界，浪迹天涯。可是我知道这是痴人说梦，所以只能在电话里沉默。

我被爸妈在家里关了三天，最后我骗他们，说我会和他分手的，然后他们打电话通知了班主任，让她监督我。

从那天起，我和他本来就小心翼翼的相处变得更难了。我把想说的话写在本子上，下课的时候装作经过他面前，把本子放在桌子上面。在走廊上迎面见到，又不敢说什么，连笑都不敢。

我变得越来越不快乐，看到他和别的女生说话我会嫉妒，恨不得告诉所有人：他喜欢的人是我。看到他在操场上打篮球的样子，又觉得他其实根本不属于我，他并没有因为我们的事情受到影响，他就像是翱翔在天空的雄鹰。

我开始胡思乱想，想让他注意，又不能被发现，觉得自己都要疯掉了，成绩也一落千丈。在这之前，我们谈恋爱根本没有影响学习，还会坐在一起相互讲题，我擅长文科，他擅长理科，明明很互补的。

因为考得不好，我又被班主任叫到了办公室，她用一种扬扬得意的表情对我说，看，我说什么，你们一定是偷偷摸摸搞些小动作，一考试就露馅了吧。

这一次，我们的父母又被叫到了办公室。因为成绩下滑的人是我，所以这一次，他的父母都用一种被我拖累了的眼神，不耐烦地看着我。我低着头，不敢直视他的眼睛。所有的责骂声都冲着我来，这时候，他忽然说话了。他上前一步，牵住我的手，说，抱歉，但是我觉得她没有做错什么。我忽然觉得好感动，我喜欢的人是他，这件事真是太好了。

我们的父母被激怒，他们暴跳如雷地想要分开我们，但他一直挡在我前面，坚持认为我们没有错。吵到最后，他的父母呵斥他：你们根本就不懂什么是爱，爱是责任，是扶持，是包容。他说，就是因为不懂，才要慢慢去学习。

最后，他们决定再给我们一次机会，如果下一次考试成绩没有回升，或者做出任何出格的事情，就立刻把我们转学分开。

回家之后，妈妈给我看了杂志上的一个故事，是一位母亲写给早恋的女儿，在信的最后，这位母亲说，如果我无法阻止，那么我希望你记住，为了他，为了爱情，你只有变得更加优秀。

我给十年后的自己写了一封信。我一定会好好努力，我希望十年后，我能够堂堂正正，昂首挺胸地告诉所有人，我没有错。想一想，等到你拆开这封信的时候，你一定已经和他结婚生子了吧，要是能生个女儿就最好了！到时候，你可以给她穿上美美的公主裙，给她拍漂亮的照片。

我想，如果有一天，我睁开眼来，看到的第一个人就是他，那一定就是我人生中最幸福的时刻了。为了那一天，那一刻，那样一个未来，我也会好好努力的，请在未来等我。

From：十年后的自己

请原谅我，搬家时发现你这封信已经太迟，我已经无法再体会你当初的感受。你的愤怒、你的呐喊、你的不甘、你的深情……我统统都忘了。我和他分开，也已经有好多年了。

分手是和平分手，我们都爱上了别人。或者你不会相信，但是这就是真相，我和他，都背叛了十年前的你们。

爱情究竟是什么？我不知道。可是我好像，又有一点点懂了，当年父母和老师们的嘲笑。

你问我，从少年到青年究竟会经历什么，其实也没有什么大事，只是时间从身后追上来，跑到了我们前头。

高考的压力没有让我们分开，父母和老师的相逼也没有让我们分开。可当我们都真正自由了，甚至考到了一所大学，童话里美好的结局就在前方，只用踮踮脚就能到达了，我们却分开了。

回过头来，想到彼此当初的坚持和惊天动地，只觉得一片唏嘘。

我知道，我此时此刻，应该十分坚定地告诉你，我从来没有后悔过。因为爱过，才叫青春啊。

生命中再深的爱恋，都抵不过时间。何况十七岁那年，你的世界还太小，你觉得非这个人不可，可实际上，并不是这样的。世界很大，有太多有趣的人。你在十六七岁时爱上的那个人，他和你一样不成熟，你们要走的路实在太长。当你们踏入新的天地的时候，才会发现，其实你们并不适合。

我相信世界上有至死不渝、非卿不可，可是那样的感情实在是太少了，所以才叫传奇，而你我不过是茫茫红尘中，一个最普通最普通的人。

有时候，我会想，如果当年没有喜欢上他，没有因为他耽误了学习，考上了更好的大学，会遇见不同的人，经历不同的人生吧。

我接受我现在所拥有的人生，不过如果时光真的能够重来，我想要自己放开他的手，去尝试另外一种人生。

只是我知道，如果你在十七岁的时候就收到了我的这封回信，你也还是会坚定地继续自己的选择吧。所以，该发生的，已经发生了，它是注定的。

说你

愿意为我留下来

文 / 卢思浩

- 1 -

因为"非典"，王辰本来要去的安徽大学校区被封锁，直接被分到了新校区。但这所谓的新校区，也不过一个临时施工的地方。图书馆的另一头是画室，画室更简陋，屋顶都只建到一半。几乎所有人来到这里学习，都要戴着口罩，王辰就是这么遇上他的初恋的。

那天他第一次去图书馆，错把画室当成了图书馆。正当他拍着大腿说，这图书馆怎么连本书都没有时，是他初恋对他说，同学不好意思，这是画室。

他的初恋叫天琪，后来我们都叫她甜七。

- 2 -

王辰学的是哲学，甜七学的是艺术，是大学里最小众的两个系。为此王辰天天去蹲点，虽说如此，他还是没能等到甜七。

等到一周后，学校例行体检，哲学系和艺术系被安排在了最后。王辰就去踢了会儿球，等赶到医务室的时候全校还剩下三个人。他就这么又遇到了甜七。王辰想这都能让他遇见，这叫什么，这是缘分啊！他对自己说这个女生他追定了，然后他迅速脑补了二十种追甜七的方法，等到他在自己的幻想中回味过来，甜七已经走远了。第三次相遇，是一个社团活动。或许因为"非典"的缘故，学校成立了据说是有史以来的第一个环保协会。王辰本想参加足球队，奈何他技术欠佳，挣扎了三天发现只有环保协会还招人，就硬着头皮报了名。新人大会时，他又因为踢球迟到。说来也巧，王辰每次都是在这种情况下遇到的甜七，导致后来王辰开始迷信，愣是把那几天一直踢着的球从室友那买了下来。他是最后一个赶到新人大会的，会长是个女生，倒也没和他多计较，就对王辰说："你就坐到最后吧。"他一抬头看到了甜七就坐在倒数第三排，于是厚颜无耻地无视最后的一排空位，假装淡定地坐到了甜七的身边。规章制度介绍完，会长让每个人都互相认识一下。王辰没等会长说完，就转过身绅士般地向甜七伸出了手，说："我是王辰，王八的王，星辰的辰。"甜七笑得前仰后合，说："哪有人说自己是王八的？我叫天琪，天气的天，王字旁的琪。"一聊王辰才发现甜七和自己是老乡，两人的老家就隔着一条河。他俩的饮食习惯，甚至爱好都一样。两人越聊越多，越聊越相见恨晚，当晚就互留了手机号和寝室的电话。就这么两个人从见面聊到回寝室，回寝室聊到快熄灯，在室友的催促下两人才依依不舍地挂电话。

那时安大新校区因为没有什么设施，到了晚上就只能待在图书馆。王辰受不了图书馆的油漆味，就发短信给甜七，问有没有什么其他的事情可以做。甜七说："我们可以翻墙出去打羽毛球，但是我没有羽毛球拍。"王辰说："交给我。"然后猛然从座位站起来，顾不得收拾课本就飞一般地朝宿舍奔去。其实他也没有羽毛球拍，于是他跑遍了整个男生寝室，问了一圈才借到了羽毛球拍。

- 3 -

又过了一星期，短信发着发着甜七突然不回了，王辰放心不下就打电话过去。甜七说自己手机坏了，老是发送不了短信。王辰说："包在我身上，我给你去修。"那是周杰伦代言的第一款手机，蝴蝶姬。很漂亮的一款手机。王辰用的是诺基亚6610，是当时的第一款彩屏手机。因为修手机要跑到市里，王辰就把自己的这款手机给了甜七，自己一个人奔赴索爱的客服中心。王辰到了客服中心，对客服姑娘说："这款手机老死机，妹子，你给看一下。"姑娘抬头看了一眼，说："哦，我给你换一部，但是你要等一个礼拜。"王辰心想这不错，就赶紧给甜七打了个电话，说给你换了部新手机，费了好大力气，可是新手机要一个礼拜才能到货。要不然你就用我的手机，我反正平时也就跟你联系，你想我了你就给我打电话，电话能通。甜七在电话另一头脸"唰"地就红了，说："谁想你了？"王辰趁热打铁说："你可以当我女朋友吗？"就这样两人在一起了，王辰那个礼拜每次碰到哥们儿就会炫耀自己的手机。蝴蝶姬是红色的，又很娘，正当哥们儿准备向王辰投来鄙夷的眼神时，王辰说："这是我女朋友的啦。"

瞬间哥们儿对他顶礼膜拜。那年头整个校园都没有多少人，更不用说有多少情侣。两人就这么每当下课就沿着操场一圈一圈走，有时牵手有时并肩，有时说着话有时什么都不说。王辰说："恋爱之前幻想过一百个美好的画面，没想到初恋就这么平淡。"然后他加了一句，"其实我现在觉得两人能绕着操场一直走，就是最美好的画面了。"

大三之后两人在安大外租了房，一起吃饭一起骑自行车上学。慢慢地，两人也到了抉择的时候，是留在安徽，还是去南京读研？王辰没犹豫，他一直对南京有特殊的感情，从小他就想去南京。甜七说："那我就考公务员等你。"王辰说："我想你陪在我身边，不想有分离，我们一起考考看？"甜七说："不行，你知道我妈妈身体不好。"

甜七又想了想说："实在不行你等我，过几年等家里好转了，我就去南京找你。"王辰说："可这几年我想让你一直陪着我，谁知道以后会发生什么？"那是他们恋爱三年以来，第一次有分歧。

其实异地恋也没什么，不过是合肥到南京的距离，可王辰就是不想甜七离开他身边。他也知道甜七的妈妈身体不好，加上她毕业之后其实就能找到很好的工作。最后甜七说："能不能为了我留下来？"王辰不说话。甜七说："说你愿意为我留下来好吗？"王辰不说话。甜七说："那你说，说你去了南京还会回来。"王辰摇了摇头。甜七第一次在王辰面前哭。那天是2月14日，是情人节。走出门后王辰无处可去，干脆把自己手机的电池拿了下来，找了个院子看了一整晚的书。他想逼迫她，他觉得这就是一件小事，一定有解决的办法。可15日王辰打开手机想要联系甜七时，甜七的手机关机。他的心突然极速下沉。他知道甜七以前从来没有这样过。后来王辰打电话给甜七所有的朋友，好说歹说才联系上。甜七说："你知道当我联系不上你的心情是什么样子吗？"王辰说："别闹。"甜七说："你到现在都还觉得我是在闹吗？王辰你给我听好了！我俩分手！"

那一夜王辰一夜没睡，不停地坐起来，躺不踏实。天还没亮，他就去了自己最好的朋友家里。朋友不明就里，就带着王辰去找甜七。那时还没有那么多的车，王辰就一站一站坐公交，每过一站他的心就颤一下。他想起以前有次他跟甜七聊天，也不知道为什么就聊起了分手的话题。甜七说："要是我俩真分手了，我就当一个很爱你的朋友，我离不开你。"王辰说："这世界上没有谁离不开谁。"到了甜七家楼下，甜七给朋友发短信说不见，让王辰先回去。王辰让朋友对甜七说，打死他也不回去。甜七说，马上过元宵节了，你快回去，有话之后再说，你先看看你爸妈。王辰也倔，找了无数人打电话给甜七说情，但都没用。甜七说了一句话，王辰记忆犹新：我们彼此太了解，所以你别再想办法找人说情了。那句话把王辰的防线彻底击碎。最了解甜七的其实就该是他。他早该想到这些天甜七是有多挣扎，他早该想到那天甜七肯定打了无数个电话给他，一次次地关机，一次次地失望，一次次地难受，慢慢变成绝望，于是谁都没办法把她拉回来。

后来王辰为她写了一本书。那已经是三年后的事情了。他回到了合肥，想尽一切办法找到了甜七的联系方式，想要把这本书给她。可远远见到她的一瞬间，王辰自己把书撕了。他说，有些事就是这样，一眼万年沧海桑田；而那些所谓的补救方法，不去做也许更好。

那天他回了南京，一个人喝得大醉，一边吐一边跟我讲完了这个故事。他说，十年了，都快十年了。我在一旁不知道该说什么。他说那年的情人节的情景，总能出现在他脑海里，变成梦境。梦里的甜七问："能不能为了我留下来？"王辰说："可以。"甜七继续说："那你说你愿意为了我留下来。"王辰一字一顿地说："我愿意为了你留下来。"

然后他就醒了。我突然想起我喜欢的歌里有一句这么唱：

我张开了手，却只能抱住风。

我讨厌 \\\\\
那个女孩

文 / 归苏

　　年少的爱恋总是那么青涩却煽情，我不止一次地想如果我能更加勇敢一点儿有多好，却又感谢着那些成长，让我们都长成更好的人，更成熟更包容地去面对这个世界，面对错失与泪水，坚定不移。

　　我不喜欢夏天，却年年回味那个在夏天发生的青涩故事，如果再给我一次机会，我一定不会面对一个女孩的爱落荒而逃。

　　三年前的教室走廊外，蝉鸣声终于还是轰轰烈烈地掀起了这个带着香樟树味的盛夏，经过隔壁的文科班，下意识地监视着那个小小的身影，窃喜间还来不及撒腿就跑，身后就传来了熟悉的脚步声。

　　没错，我又被跟踪了。

　　那一个月内，我们上厕所的时间点总是那么巧合，巧合到我开始反省是不是自己的臭脾气曾经得罪过这位小姑娘。她真的是小姑娘，不到一米六的个子，我在心里更喜欢叫她"矮冬瓜"。

　　我一点儿也不了解女生，更不能感同身受地去品味这个莽撞女孩的酸涩心事，我从来没有见过这么一个女孩，不害臊，将喜欢表达得如此炽烈奔放。我只能忍气吞声般地见着她便绕道而行。

我向周围人打听她的来历，同桌竟然一副"你居然不知道她是谁"的表情望着我。"矮冬瓜"是文科班中的佼佼者，写得一手好文章，作文总是被复印分发到各个班级作为参考。我从书桌里找出最近的那团作文纸，展开来第一次细细读了一番，文笔温婉恬静，如果我不认识她，或许会觉得她是一位长发飘飘出尘脱俗的画中女子。

可是她是个矮冬瓜啊，我小声嘟囔着，被同桌用力拱了一下手臂，他眨了眨冒红心的眼睛反问我，难道你不觉得她小小巧巧的很可爱吗？

我从未接受过告白，也未曾知道一个女子能为爱痴狂成这样。在一个月黑风高的夜晚，刚下晚自习，我便被她堵在了厕所门口。在我转身要逃离的时候，她拉住我的袖口大声说出了那句话。

在她看不见的黑影中，我用力地拉住了书包的带子，深吸一口气，然后夺路而逃，身后传来她愤恨跺脚的声音。我像是夹着尾巴的大灰狼，被一只小兔子欺负得说不出话来。我不想伤害一个女孩，即使我终于发现了她很可爱。

自此，狭路相逢时，"矮冬瓜"总是将羞愤藏在眼神里，企图用白眼杀死我，我知道逃跑是很不负责任的行为，但我确实没办法面对听到告白后居然勾起嘴角的自己。我什么时候变得不讨厌她了？我也不知道，我只确认她的率性直白感染着我，我稍不留神，她就能将我拉下那条叫爱河的河流。

我喜欢的是长发飘飘的美人坯子，怎么会对一个"矮冬瓜"另眼相看呢？我狠狠摇了摇头，却在下一次的作文里找到了那句藏头的话。

孔壹，我恨你。

这个"矮冬瓜"，居然能在作文里悄无声息地骂我，我开始有点儿佩服她的才气。她古灵精怪得让人忍俊不禁，我却没办法在我的数学卷子里回击她，偏科的后果就是即使我的数学能考满分而当作范卷，我也不知怎么为她写一首诗，但我最起码还能写一个函数，我将那个心形的函数写在我的名字旁，希望她的数学能争气点儿。

可是毫无动静，她再也没有在走廊上堵过我，也没有在作文里藏话。

原来她喜欢一个人，也只是说说罢了，我的内心充满着挫败感，竟然泛起她为何不能多坚持一下这种责怪性的话语。才子多风流，她也不例外，我像是一个被心上人抛弃的多愁善感的少女，看着她小小的背影咬牙切齿。

当我们不再刻意相逢的时候，我终于找到了她身上的不寻常之处。比如在图书馆她总能将自己小巧的身体放在空的书架上，乐悠悠地晃动着两腿，再配上一壶茶，便是清闲的老干部作风。或者是在体育场上，别的姑娘总是轻轻柔柔地打着羽毛球，她却挽起了袖子，用乒乓球拍与男生大战三百回合。更可怕的是，她要吃两碗饭，每次买饭的时候，餐盘里总是堆得高高的，怪不得她脸上有着婴儿肥，捏一下手感一定很好。

我终于开始做她曾经做过的事情，就是像雷达一样，只要可能，便监视着她的一举一动，不由自主地想要了解关于她的更多信息，年轻的心跳包裹着炽热的情愫，把我烤得外焦里嫩。

你是不是喜欢上她了？在我喋喋不休向同桌讲着她的趣闻时，同桌突然不怀好意地抛出了这个定时炸弹。也对，平日里闷不吭声的我一改常态，甚至有点儿手舞足蹈起来，这点儿小心思旁人一看便知。

我的脸上一热，将刚发下来的物理卷子丢给他，瞪了他一眼催促他快做。卷子里传来他胸有成竹的笑声，我将脑袋埋在书堆里，视线望着那个蹦蹦跳跳去洗水果的身影，不知道为什么，也突然笑起来。

我不能坐以待毙，我要主动出击。

同样的地点，只是季节换成了冬天，在冷风里我瑟瑟发抖，将她堵住了。我哆哆嗦嗦地酝酿着措辞，问她夏天的那句话还算不算数，她冷笑着给出了否定答案，让我不必羞她，她有自知之明。我问她有没有解出那个函数，她像是被踩住尾巴的猫咪跳起来，指责我羞辱她智商。她哑着嗓子说知道我想表达的意思是喜欢我的人多了去了，不差她一个。我被她的逻辑惊得目瞪口呆，连连说不是。正要鼓起勇气表达自己心意时，她却被一个前来寻找她的男生拉走，那个高大的男生恶狠狠地盯着我，警告我不要欺负他的美美。

她叫苏美，我却从来没有开口叫过她美美。

从此井水不犯河水，我以为阴差阳错间，我们还是走失了。

高三的日子总是很忙碌，我也渐渐说服自己不再关注她。她长高了也瘦了，头发扎成高高的马尾，笑起来露出两个酒窝，眼睛像是天上闪耀的星。同桌拍了拍我，说："你看，她真的长成了漂亮的姑娘啦。"我瓮声瓮气地给了个答案。或许这样也不错，没有我的干扰，她照样活得精彩，像是白杨，所有的美好与爱，她都值得，不值得的是我，没有珍惜的也是我。

毕业前夕，我偷偷摸摸打听到了她的高考志愿，虽然与我的志愿山南海北，可我还是愿意继续走在她的身后跟随着她去天涯海角。

拍毕业照的时候，全校人流涌动，那日拉走她的男生摸了摸后脑勺和我道歉，说是为了保护自己的妹妹，所以情急之下，才对我恶语相向。

妹妹与美美，原来竟是这样。

我发疯了似的到处找她，可惜人潮涌动，我感觉不到她。我在她教室的黑板上画出了那个函数，将她的名字写在里面，我想她会懂，可是她再也没有出现过。

高考后我一个人孤零零地拎着箱子去她心仪的大学报到，心中的缺陷再也没有人能填满，只留下遗憾。只是有一天我在食堂吃饭时，面前突然出现了一个巨大的碗，和一张熟悉的脸。她好像自来熟一般，平静地吃着饭，而我却在她给的餐巾纸中泪流满面。

她说高考后她摔断了腿，为了逃避军训等，故意在家休养了半年。我不想知道前因后果，我将食指放在热乎乎的番茄蛋汤里，画出了那个心形。她"扑哧"一声笑出来，说她哥哥将黑板上的那个一模一样的图案拍给她了。我终于也对她说出了那句话，她将泼墨般的长发扎起，狼吞虎咽地专心吃饭，我像是个小媳妇一样只敢小心翼翼地蹭蹭她，她一脸不耐烦，催促我吃完再说。我想她已经翻身做主人了，从我也喜欢她的那一刻起。

好在我们后来能天天一起吃饭。

年少的爱恋总是那么青涩却煽情，我不止一次地想如果我能更加勇敢一点儿有多好，却又感谢着那些成长，让我们都长成更好的人，更成熟更包容地去面对这个世界，面对错失与泪水，坚定不移。

我想我会一直讨厌她，再也不会孤单。

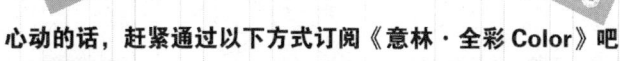

意林 精品图书推荐

意林精品图书推荐

《雪鹰领主1》
简介：我吃西红柿全新力作！少年骑士惊世崛起，铸就为人类荣誉而战的英雄传说！
定价：29.80元

《禁域①墓地神婴》
简介：皇者重现世间，只为触底反击，再创传奇！踏破乾坤纵横时空，禁域绝密即将揭晓！
定价：28.80元

《禁域②宗门斗者》
简介：扶桑谷内迷雾重重，时间长河、神秘女子……时空彼端，究竟有着怎样的秘密？
定价：28.80元

《风之守望者》（①、②）
简介：一个关于青春和魔法的故事，一些关于崩坏与爆笑的校园日常，一次爱的救赎。
定价：24.80元/册

《我不成仙 一 斩尘绝念》
简介：不想成仙却毅然修仙，她见愁只想有朝一日对那人说："纵你成仙，亦不可逃！"
定价：28.80元

《我不成仙 二 杀红小界》
简介：血衣作战袍，刻骨为利刃。她的通天坦途，便是他的穷途末路！
定价：28.80元

《我不成仙 三 流星赶月》
简介：敏锐与直觉，无一欠缺；缜密与果决，兼而有之。力敌群雄者，舍她其谁！
定价：28.80元

《我不成仙 四 鏖战空海》
简介：为成大道，葬痴情、斩尘缘者有之，可若寻仙问道是这般模样，她宁愿永不成仙！
定价：28.80元

《符神传说①斩焰少年行》
简介：接través元灵符界，交易、对战、派单……现实与虚拟之间，体味什么叫酣畅淋漓！
定价：28.80元

《符神传说②东川起风云》
简介：逆转鬼煞岭、人蛮荒探迷域，跨越空间界限，开启度奇幻热血征程！
定价：28.80元

《符神传说③刀芒惊天下》
简介：巧进黑狱筑识海，烈焱龙雀惊天下。勇探天符浩土，领略异闻传奇！
定价：28.80元

《符神传说④地下悬赏令》
简介：识妖族斗南州，符驱四方见奇谋。游历异界空间，探索奥妙人生！
定价：28.80元

《倾世萌狐1》
简介：避难潜到了王爷家，竟然有去无回？冷酷王爷"情斗"憨萌灵狐，甜宠升级，深情不改！
定价：29.80元

《倾世萌狐2》
简介：心悦君兮，矢志不渝！当一切线索都指向了天界，他们真的要"天人永隔"？
定价：29.80元

《我的画风不太对①》
简介：当外星玩家遇到地球萌妹，爆笑爱情悬疑大戏惊喜上演！
定价：29.80元

《我的画风不太对②》
简介：一不小心成了外星玩家的目标对象！千回百转的拼图游戏，谁是最终赢家？
定价：29.80元

《仙萌奇缘》
简介：迷糊弟子"约架"冷傲少主，无厘头话本奇袭玄天剑宗，非正统仙侠大戏反转上演！
定价：29.80元

《仙萌奇缘②》
简介：大战一触即发，"仙门叛徒"云愁与"魔族卧底"白溯携手，为天下苍生而战！
定价：29.80元

《灵犀1》
简介：龙族、赏金猎人、千年火龟……山海异兽玄奇登场，谱写一曲暖心温情的历险传奇！
定价：29.80元

《浮玉仙魔》
简介：跨越六界的情仇离合，仙妖养成，仙恋开演；一代魔尊，如何搅翻浮玉仙山！
定价：29.80元